编剧十二法则

[英] 朱利安·霍克斯特（Julian Hoxter） 著
冯永斌 译

12 Rules to Follow—and Break—To
Unlock Your Screenwriting Potential

The Creative Screenwriter

人民文学出版社

著作权合同登记号　　图字 01-2022-0504

The Creative Screenwriter:
12 Rules to Follow—and Break—To Unlock Your Screenwriting Potential
by Julian Hoxter

Copyright © 2020 by Rockridge Press, Emeryville, California
First Published in English by Rockridge Press, an imprint of Callisto Media, Inc.
Simplified Chinese rights arranged through CA-LINK International LLC
(www.ca-link.cn)

图书在版编目(CIP)数据

编剧十二法则/(英)朱利安·霍克斯特著;冯永斌译. —北京:人民文学出版社,2022
ISBN 978-7-02-017137-8

Ⅰ.①编… Ⅱ.①朱…②冯… Ⅲ.①编剧—基本知识 Ⅳ.①I053

中国版本图书馆 CIP 数据核字(2022)第 074685 号

| 责任编辑 | 付如初　汪　徽 |
| 责任印制 | 王重艺 |

出版发行	人民文学出版社
社　　址	北京市朝内大街 166 号
邮政编码	100705
印　　刷	三河市鑫金马印装有限公司
经　　销	全国新华书店等
字　　数	165 千字
开　　本	680 毫米×960 毫米　1/16
印　　张	17.5　插页
版　　次	2022 年 7 月北京第 1 版
印　　次	2022 年 7 月第 1 次印刷
书　　号	978-7-02-017137-8
定　　价	58.00 元

如有印装质量问题,请与本社图书销售中心调换。电话:010-65233595

目录

前言 　　　　　　　　　　　　　　　　　　　001
如何使用本书 　　　　　　　　　　　　　　　002

了解行业背景 　　　　　　　　　　　　　　001
不断发展的产业 ／ 不同电影之间有什么共性

法则1：了解写作格式 　　　　　　　　　　017
剧本的两种功能 ／ 格式是个把关人 ／ 标准长度 ／ 主场景格式 ／ 剧本格式的标准要素 ／ 典范学习：公主新娘 ／ 普遍原则 ／ 闭门写作：格式练习

法则2：理解故事结构 　　　　　　　　　　037
杰出的三幕范式 ／ 突围明星：艾娃·德约列的编剧经历 ／ 打破常规结构 ／ 动作和节拍 ／ 冲突的作用 ／ 闭门写作：情节练习

法则 3：发展你的故事　　　　　　　　　065
从激发事件开始 / 什么是情节弧 / 情节和副情节 / 突围明星：迪亚波罗·科蒂谈创意 / 主题的作用 / 突围明星：乔丹·皮尔谈主题 / 高潮，以及其他选择 / 远离主流结局 / 闭门写作：激发事件练习

法则 4：创造你的人物　　　　　　　　　097
目标驱动的人物 / 典范学习：卡莉·克里谈人物写作 / 非传统英雄或非常规的主人公 / 突围明星：诺亚·鲍姆巴赫 / 背景故事（所有主人公的共同点） / 闭门写作：人物背景故事练习

法则 5：研究人物原型　　　　　　　　　113
继续学习，但要慎重 / 什么是原型 / 典范学习：约翰·特鲁比谈原型 / 普遍适用的恐怖片原型 / 闭门写作：原型练习

法则 6：写下剧情梗概　　　　　　　　　133
什么是剧情梗概 / 好的剧情梗概要具备什么 / 突围明星：诺姆·克罗尔 / 闭门写作：剧情梗概练习

法则 7：写出剧本大纲　　　　　　　　　149
为什么要费劲写大纲呢 / 典范学习：约翰·奥古斯特的剧本大纲 / 为什么做研究很重要 / 典范学习：特里·鲁西奥的剧本小样 / 简单说说改编剧本 / 突围明星：塔伊加·维迪提 / 闭门写作：大纲练习

法则 8: 用画面讲故事　　　　　　　　　　165

作为骨干的格式 / 突围明星：达米恩·查泽雷谈音乐电影创作 / 如何从内部到外部 / 场景的魔力 / 场景节拍 / 典范学习：约翰·奥古斯特谈场景写作 / 突围明星：琳·谢尔顿谈即兴创作 / 闭门写作：场景练习

法则 9: 划分电影段落　　　　　　　　　　191

什么是段落 / 段落和节拍 / 节奏的难题 / 把握故事节拍的节奏 / 线性发展 / 典范学习：威廉·戈德曼的十诫 / 为什么片段式的进展也是连贯的 / 突围明星：昆汀·塔伦蒂诺谈结构和叙事 / 闭门写作：段落划分练习

法则 10: 对白要有目的　　　　　　　　　　209

从研究入手 / 典范学习：沙恩·布莱克谈对白写作 / 打破常规 / 突围明星：安德鲁·海格谈走位 / 避免常见误区 / 我们能向无声电影学习什么 / 闭门写作：对白练习

法则 11: 完成你的初稿　　　　　　　　　　221

遵循大纲，并完善它 / 倾听你的人物 / 边写边修改 / 写出第一幕，然后写结局 / 试试一气呵成 / 写不动时的秘诀清单 / 闭门写作：初稿写作练习

法则 12: 修改，再修改　　　　　　　　　　233

技术方面的检查 / 创作方面的检查 / "检修"剧本 / 典范学习：约翰·奥古斯特谈修改 / 协作者、顾问和专业读者

可以做什么 / 闭门写作：修改练习

接下来怎么做　　　　　　　　　　　　　249
了解行业 / 取得"成绩" / 最后的话

延伸阅读　　　　　　　　　　　　　　255
参考资料　　　　　　　　　　　　　　261

前言

编剧是一种很特别的写作形式。这种写作追求散文（prose）[①]无法实现的视觉沟通。剧本通过电影说话，又把自己藏在电影之后。在电影生产的创意机器中，剧本是最重要的齿轮，但编剧却往往得不到应有的尊重和回报。做编剧可能是令人沮丧的。话虽这么说，如今也到了一个让编剧兴奋的时代。媒介在不断变化，为有创新力的编剧提供了更多可能，让他们有了更多话语权。

比如说我自己，我做了二十多年的编剧和编剧老师，写过独立长片，制作过纪录片，做过编剧学研究，写过类似本书这样的指南。我自己的剧本拿过奖，入围过不少比赛。我还经常给独立编剧做顾问，帮他们开发作品。

我的本职工作是在旧金山州立大学电影学院教书。我的学生是一群形形色色的本科生和研究生，他们有着各自不同的个人目标、职业目标和创作目标。令人欣慰的是，我热爱编剧，帮学生和客户开发剧本让我非常快乐——无论是主流类型片，还是另类的小成本剧情片。

[①] 这里说的散文（prose）指的是相对于韵文的文体形式，并非指"散文"这种文学体裁。——译者注（本书若无特别说明，均为译者注）

那么你呢？你可能想写出一部好莱坞超级大片，也可能一心想成为独立电影节的宠儿。再或者，你想写出匠心独具的作品——一部货真价实的先锋电影。无论你有什么样的抱负，专业编剧都是一个竞争残酷的行业。当然，这也正是它的魅力所在。

说完名望、赞誉和五花八门的奖项这些东西，还要说说创作。除了全心全意投入创作，别的什么都靠不住。你已经翻开了这本书，就要接受磨炼。

既然你是来学写剧本的，那么，我们就先从最重要的问题开始：你为谁写作？最直接，也最重要的答案应该是：为你自己。你对自己的写作投入够多，才更可能尽心尽力地把剧本从初稿写到完稿，并克服万难地修改。

本书会帮你了解专业编剧如何工作。书里的每一章，都代表你创作时需要考虑的"法则"，或一些可供自我检视的基本问题。列出法则简单明了，关键是要带着批判眼光去评估——等你有了把握，就可以考虑突破和扬弃法则。

如何使用本书

这本书有个简单的目标：让你完成第一个（或下一个）剧本。本书会带你了解剧本写作的基本原理，并给你自由发挥的空间——适合你的法则，你可以遵循，不适合你的，尽可抛开。这里说的基本原理，适用于所有电影——无论什么类型，多大预算——因为本书的重点是如何写出剧本，而不是最终拍成了什么。

如果你刚刚起步，我建议你按照书中介绍的步骤，按部就班地去做。之所以按这个顺序来写，是因为我知道很多学生和有声望的编剧用这种方式都做得很好。书中章节的安排，有其内在逻辑和条理，它的结构本身其实就是一门编剧流程课，照着它做你就能学到东西。当然，如果你经验丰富，也可以自由选择，取其精华。

我们会讨论一些你需要了解的典型创作方法，并通过大量实例指引你上手。"典范学习"板块会举出遵循法则的成功范例，"突围明星"则会展示独辟蹊径者的想法。每一章里，还有一个叫作"闭门写作"的练习板块，让你在写作过程中加深对相应法则的理解。在这个板块，你就可以把自己的创意写下来。

就这样，一步一步地完成，你会搭建起作品的基本骨架，更好地理解自己面临的创作问题。就算你没有马上卖掉自己的剧本，作品的质量也能让你获得关注。质量非常重要。读完这本书后，我希望你能把它当作一种能量——当你怀疑自己"正确"与否时，它能给予你支持，或者鼓励你重新定义什么是"正确"。

动手写剧本之前，我们最好先了解一下这个行业。这关系到你的创作眼界，还会影响到你的故事走向大银幕的机会。

了解行业背景

这么多年来，电影故事的一些基本要素并没有太多变化，人物还是人物，情节还是情节——这是件好事。不过，随着行业变化，故事销售和讲述的方式也发生了变化。这是因为掌握话语权的人在变。

好莱坞电影中，制片人和电影公司主管在创作方面有最大的掌控权。他们最看重的是挣大钱，要拍最卖座的电影。而在电视媒介则更多由编剧说了算。电视剧的编剧常常也是制片人。为数字平台做电视剧集尤其如此，比起传统广播和有线电视，往往会有更多创作自由。

了解行业能给你带来什么，可以让你做对事，找对人，让你独一无二的创造力有用武之地。下面我们来具体说说。

不断发展的产业

当今的媒体，提供给各类编剧和其他电影艺术工作者的机会，比以往任何时候都多。然而，要说到谁能获得机会，权力的格局才刚开始起变化。行业长期由白人、异性恋和顺性别者（Cisgender）①掌控，公平还远远无法实现。

在重组过程中，媒体内容的发行方式和消费方式也发生了重大变化。流媒体崛起改变了大银幕和小屏幕的市场和内容。像奈飞（Netflix）和亚马逊金牌会员（Amazon Prime）这样的流媒体服务，正在生产数量空前的内容，远远超过了主流好莱坞电影公司。例如，根据 Quartz 网站 2018 年的统计，仅仅奈飞就制作了时长约 1500 小时的电影和剧集。此外，如今的流媒体不但通过网络发行电影，还会做院线发行。

重点在于，主要的流媒体平台给了创作者更灵活的发挥空间。一部剧集怎么做，越来越多由编剧和兼任编剧的制片人说了算，决定该做多长，每一集怎么做，或者他们那些空前绝后的惊人之作可以拍得多么出格。简而言之，媒体渠道正在融合，这对编剧是件好事。接下来，我们会了解一下当前媒体环境的把关人。你可以现在接着往下看，以此指导你的剧本创作，也可以等写完剧本之后回过头再来读。

> **从数据看编剧构成**
>
> 有很多方法可以了解编剧行业的情况。其中一个是看数据。圣地亚哥州立大学女性影视研究中心分析了每年最卖座的电影，报告显示，在 2019 年，排行前 250 位的最卖座电影中，女性编剧只占 19%。这 250 部电影中

---

① Cisgender，指性别认同与出生时指定性别相同。其概念与跨性别（Transgender）相对应。该情形主要指好莱坞影视产业。

的73%，编剧只有男性。

美国西部编剧工会（WGAW）是专业影视编剧的代表，他们也调查了其成员的职业差异状况。工会2018—2019年的报告称，男性占据了电视领域61%的编剧岗位，而女性只占39%。白人编剧占据了73%的编剧岗位，而有色人种编剧只占27%。更高层级的岗位构成群体则更单一。掌管着编剧创作的电视剧节目统筹（Showrunner）①76%是男性，61%是白人。这些数据反映出几十年来制度上的不平等，虽然在过去的十几年（特别是在过去几年）里，数据情况有所改善（速度极慢），但它肯定不该是这样一个水平。

好莱坞正在全球化

许多从前独立运营的电影公司，现在都已经并入了更大的集团公司。这意味着百万美元级别的"小而美"的电影不值一提，因为大公司眼里只有上亿的利润。因此，获得批准制作的电影，要有潜力为公司的其他部门赚钱。从蓝光光碟、DVD的销售到品牌授权，什么东西都行。

跟从前相比，电影公司做的更多是合拍、改编或授权。他们越来越少买原创剧本，而是雇编剧写订制剧本。另外，主流大公司现在更关心自己的电影在国际市场上表现如何，因为那是最大

---

① Showrunner，美国好莱坞电视行业的一个职位。这个职位掌控着电视剧的创意和制作，是编剧、执行制片人和剧本责编等职责的结合，地位往往高于导演。承担这个角色的，是创意的最高负责人，一般只对制片公司或平台负责。2013年，有一部叫《美剧大佬》（*Showrunners: The Art of Running a TV Show*）的纪录片，讲的就是节目统筹的故事。

的票房来源。

这影响了好莱坞电影的创作。如果一部片子不能在国外上映——也就是说，如果它的风格或内容在一些市场上有争议，或者是它的故事很复杂、对白很多，那么就不太可能有机会拍出来。过去划分为B级影片的奇幻、科幻等类型，现在成了给电影公司挣钱的A级影片。过去属于A级影片的类型，特别是剧情片，现在大部分是独立电影和流媒体在做。

不过，如果认为电影制作的标准是类型片，那就错了。首先，不是所有大片都严格符合类型——看看《星球大战4：新希望》（*Star Wars: Episode IV - A New Hope*，1977），它结合了西部片、武士片和周播电视剧的要素。而且，好莱坞主流电影也不承认老派的B级影片是一种电影类型。

不管你的故事是什么规模，开发剧本的时候，都要想想它该如何适应当代电影的形势格局，以及怎样才能脱颖而出。

独立电影和"独立坞"

随着许多老牌独立电影公司的倒闭，或被大制片厂收购，独立电影制作的繁荣自二十世纪八九十年代的全盛时期逐渐衰退。不过，一些大制片厂还在经营自己的独立电影子公司，比如迪士尼的探照灯影业（Searchlight Pictures，前身为福克斯探照灯影业）。他们更偏好那些有希望进入主流市场的独立电影。

如今，大制片厂子公司制作的电影成为一个新的市场领域，这些电影边界模糊，不那么"好莱坞"，也不那么"独立电影"。有评论家称之为"独立坞"（Indiewood），认为它们不算真正的独立电影。无论是好是坏，许多"独立坞"电影都有一种奇特的路子，比如2004年的《情归新泽西》(Garden State)，以及其他类似的片子。

不管是在哪里生产，人们仍然在制作有趣而新鲜的电影。专业的类型电影制片人还是有的，比如布伦屋（Blumhouse）①，一家专注恐怖片的公司。这些制片人允许编剧创作较低成本的大众类型片。低成本电影的市场确实已经不同以往，不过，除非你想做那种有所谓"IP"潜力的动作大片，有想法的编剧还是能找到合适的制片人的——如果他们知道该上哪儿去找。

> ## "独立坞"的套路
>
> 这里说的不是一套结构法则，而是一整套讲故事的风格化创作方式及态度。相比主流类型片，大多数"独立坞"电影更偏好人物主导，但除此之外，它们也遵循一般的好莱坞叙事规则（也许略有变化）。好莱坞电影是要让观众迷失在故事创造的"现实"中，而观看"独立坞"的电影感觉就像我们在分享一个众人皆知的秘密：我们都知道自己是在看电影，而且我们会因为知道这一点而觉得自己挺厉害。在韦斯·安德森（Wes Anderson）的怪胎家庭片《天才一族》（The Royal Tenenbaums，2001），以及奥利维亚·王尔德（Olivia

---

① 布伦屋是一家美国制片公司，创立于2000年，制作项目有《鬼影实录》(Paranormal Activity，2007)、《爆裂鼓手》(Whiplash，2014)、《忌日快乐》(Happy Death Day，2017)和《逃出绝命镇》(Get Out，2017)等。

Wilde）的老友喜剧片《高材生》（Booksmart，2019）等各种各样的故事里，我们都会有这种感觉。

流媒体

现在最好的编剧作品经常出现在电视上。可以在传统电视台和有线频道中看到，也可以在奈飞和 Hulu 之类的新兴流媒体平台上看到。

虽然本书讲的是剧情电影的剧本创作，但大部分剧集创作也适用。有些流媒体剧集打破了电视的规则，风格和节奏看起来更像电影，而不是传统电视剧。构思故事时，要记住上面这些信息，说不定你的故事更适合做剧集。

奈飞发行的电影能不能参与奥斯卡评选呢？2018 年的《罗马》（Roma）首次引出了这个问题，接着是 2019 年的《爱尔兰人》（The Irishman），也提出了这个问题。随着更多有才华的人从大银幕转战到已然扩大的电视领域，这种情况会越来越多。

低成本

相比从前，现在创作和拍摄超低预算（甚至零预算）的电影更有机会出头。搞先锋实验的、表达政治诉求的、想试试放手一搏的，甚至是破产的电影制作人，都可以花那么一点钱来做电影，然后引起人们的注意。阿瓦·杜弗内（Ava DuVernay）的电影事业是从一部预算 6000 美元的短片《周六夜生活》（Saturday Night Life，2006）起步的，后来她成了第一个能拍 1 亿美元投资电影的黑人女性导演。

不同电影之间有什么共性

让我们把问题聚焦：故事是什么？一句话概括：故事是有结论的因果关系。换言之，故事是一组符合逻辑的事件段落，确立起一个目标，并用一种方式达成了目标。

世上有各种各样的因果逻辑。有些基于情感联系，而不是情节事件，但就算"没有因果关联"的故事，常常也会遵循着一种逻辑。它们往往会以其他方式构成因果关系。这正是事情如此复杂、如此有趣的地方，也正是你创造力的用武之地。

为什么因果关系这么重要？因为没有潜在的联结系统，就没有真正的故事——你没有给我们任何能遵循的东西。无论讲故事还是听故事，我们从中获得的乐趣，都与大脑理解世界的方式有着深刻的联系。作为一个物种，人类是"模式识别"的高手，创造性思维能带给我们深层愉悦。每当我们了解到一点什么信息，就总想知道更多可能与之相关的情况。

剧本写作也是这个道理。你告诉我们一个人物想要什么，我们就想知道他们怎么才能得到。我们预见了故事的发展，并且融入其中。每当一件事发生，或故事有了什么变化发展，我们（你的观众）就会马上将其纳入已知的上下文，还会对故事可能发生的走向进行推测。

写剧本时，有一种重要的叙述方式就是利用"模式识别"的趣味。这不仅和故事本身有关，还和讲故事的过程密切相关。你有没有想过，为什么悬疑故事是一种长盛不衰的类型？因为这种故事让我们追踪线索，不断去猜测。一句话：故事根植于人性深处。

理解故事的另一种方式是看前后照应。纵观好莱坞历史，电影讲故事的方法，都像在照哈哈镜。我们在电影前半部分的场景和段落中建立起一些东西，到了后半部分会折射和返还给我们，虽然已经变形，但还是认得出来。好莱坞电影中，人物有了变化和发展，欲求得到满足或是悲剧性地未能实现，主题就在这个过程中得以显现。从本质上看，故事世界在结尾处发生了改变，看上去和开始时已经不一样了。如果没有这些变化——人物没改变，他们的行为对自己的世界没有造成任何有意义的影响——那么好莱坞通常会问：这个故事的意义是什么？

《卡萨布兰卡》(Casablanca, 1942)里，电影开始没多久，亨弗莱·鲍嘉（Humphrey Bogart）饰演的主人公里克·布莱恩宣称："我从不为任何人冒险。"到了影片结尾，他不仅冒了险，还重新投身世事，展开了反法西斯斗争。故事中发生的一切让他有了改变，目睹他获得救赎的观众，与他的转变模式产生了深深的共鸣。

相反，在亨弗莱·鲍嘉的另一部电影《兰闺艳血》(In a Lonely Place, 1950)中，比起标志着故事冲突解决的人物变化，我们更关注悬疑的因果逻辑。鲍嘉饰演的脾气暴躁的编剧迪克斯可能杀了人。格洛丽亚·格雷厄姆（Gloria Grahame）饰演的迪克斯的新欢劳蕾尔很害怕他的暴力倾向，为悬而未决的谋杀案心神不宁。虽然最后凶手另有其人，劳蕾尔还是离开了迪克斯。我们理解她为何离开。迪克斯虽然洗脱了罪名，但已然受到伤害，他被抛在了孤独之地——电影的名字[①] 早就对此有了预示。

其他类型的电影中，表现变化的方式多种多样。乔·斯万博

[①] 《兰闺艳血》英文原名"In a Lonely Place"，直译为"在孤独的地方"。

格（Joe Swanberg）导演的低成本电影《爱的阶梯》（*Hannah Takes the Stairs*, 2007），故事是由人物驱动的，人物却几乎没发生什么变化。而电影则按照自己的情感逻辑运行。年轻的女孩汉娜经历了一连串不成功的恋爱，并进行了一番沉痛的千禧世代①式自我批判，不过最后她跟一个吹小号的同行走到了一起。两人在浴室里为对方唱小夜曲（唱得真不怎么样），那可能是一个充满希望的美好时刻。究竟发生了什么变化？没什么变化，但这就是故事的重点所在。

无论你用什么方法构思，人物变化、因果关系、故事模式和前后照应都是讲故事的核心要素。任何编剧的工作，都是用一系列能唤起情感的画面创造一个故事。在这本书里，我们重点讨论每一位编剧在写作精进过程中需要了解的核心元素和关键理念。就像科恩兄弟的黑色好莱坞喜剧《巴顿·芬克》（*Barton Fink*, 1991）中，电影大亨杰克·利普尼克对主人公（一名编剧）说的那样："我们只对一件事感兴趣，巴特。你能讲一个故事吗？你能让我们笑吗？你能让我们哭吗？你能让我们忍不住放声歌唱吗？——这是很多件事？那好吧！"

好莱坞行话

下面是个术语清单，干编剧这一行，你需要了解它们。在本书的其他地方，不少术语还会反复出现。不过，就算不会再出现的术语也非常有用，在你研究、计划和写作的

---

① 又叫 Y 世代，一般指 1980 年代和 1990 年代出生的人，是美国文化对一个特定世代所习惯称呼的名称。

时候，或遇到做电影的业内人士时，都能用得着。

经纪人（AGENT）

经纪人是做生意的。如果你有交易要做，可能需要找一个经纪人。如果你没有人脉，没有真正出过作品——换句话说，如果你刚刚开始——那你就不需经纪人。

一线名单（A-LIST）

列入一线名单的都是好莱坞的编剧精英。他们价码很高，比其他编剧拿到的交易条件更好。他们有些人专门给人改剧本，而不是写新故事。

委托创作（ASSIGNMENT）

不同于包含了编剧原始创意理念的待售剧本，委托剧本是为制片人或电影公司内部开发的项目创作的。委托创作一般针对已有的知识产权——例如，电影公司可能有一部小说的版权，想做成电影。编剧获得委托创作的机会，一般需要竞标。

后端（BACK END）

这个术语和交易盈利有关。如果电影卖得好，你就会在"后端"挣到钱。

比稿竞赛（BAKE-OFF）[①]

这是一种当代才有的现象，多个编剧为获得委托一轮又一轮地比稿。比稿竞赛也叫"抽奖提案"（sweepstakes pitching），是有争议的商业行为，可能违反美国编剧

[①] "BAKE-OFF"字面意思是面点烘焙比赛，英国广播公司电视台（BBC）有一档著名的真人秀节目叫《The Great British Bake Off》。这里取的是比喻义，指编剧比稿。

工会（WGA）的规则。

节拍表（BEAT SHEET）

节拍表通常是一份概述了剧本中关键故事节点的简短文档。看一眼节拍表，就能了解故事的大概，但上面没多少细节。

考虑（CONSIDER）

这个术语在剧本评估报告里使用，针对编剧及其剧本，表示评估者可能感兴趣，至少承认东西不错或有潜力。

评估（COVERAGE）

在经纪公司、制片公司或制片人办公室里，你的剧本会由初筛剧本的人先读，这个人会做出评估，然后剧本才有机会被有话语权的人看到。评估报告是机构是否采用剧本的基本参考，制片主管决定是否要花时间读剧本之前，会先看看评估报告。公司会把评估报告存档，他们是否愿意看你的下一个剧本，也部分取决于上一次的评估报告。[1]

开发（DEVELOPMENT）

开发指的是编剧与制片人或电影公司合作，把一个提案或待售剧本从头到尾写完，做出分镜剧本（shooting script）。可能包括制作大纲、剧本小样、节拍表、其他用来筹备和说服沟通的文档，以及剧本。

---

[1] 好莱坞公司开发部门的初筛剧本岗位撰写的评估报告，会对创意、梗概、人物、对白等细分评估，并给出评级，比如"CONSIDER"，供更高的决策者参考。这个岗位的人一般是剧本的第一读者。

电梯推销（ELEVATOR PITCH）

做一次简短的项目推介可以非常快，就像你在电梯里遇到一位制片主管，下一层楼还没到，你就向他推销了自己的想法，应该不会超过30秒。

毛利润分成（GROSS POINTS）

参与一部电影获得的总利润分成。这可能是极其丰厚的一笔钱，因为在会计人员让净利润"消失"之前，你就已经拿到了报酬。

高概念（HIGH CONCEPT）

高概念是简洁明了的电影创意，具有——或被认为具有——广泛的吸引力。

剧情梗概（LOGLINE）

剧情梗概是用一句话来概括剧本的创意。剧情梗概要讲出读者理应了解的所有东西，这样才能"勾"住人。

经理人（MANAGER）

和大多数经纪人不同，编剧经理人会更全面地考虑客户的职业发展，尝试引导和培养他们。他们也更有可能对有潜力的编剧新手感兴趣。不同于经纪人，经理人不负责合同谈判。

最低基本协议（MBA）

"最低基本协议"（The Minimum Basic Agreement）是美国编剧工会与电影电视制片人协会（AMPTP）之间的协议，规定好莱坞编剧的最低薪资，以及养老金、医疗保险等其他条件。最低基本协议每三年商定一次。

净利润分成（NET POINTS）

一部电影的净利润分成收入。鉴于好莱坞的会计惯例，你可能永远都看不到净利润的钱在哪里。

一稿交易（ONE-STEP DEAL）

这是当下一种有争议的交易方式，按照这种交易，编剧只需写一份剧本草稿。这份草稿提交后他们可能就被解雇了。典型的电影公司协议一般会约定写一稿，并修改一稿。

剧本大纲（OUTLINE）

剧本大纲是一组平淡无奇的笔记，详细说明了剧本的结构，一个场景接着一个场景。大纲是你的计划，带你走上正轨。和剧本小样不同，大纲更多是编剧使用，而非主管人员。

跳过（PASS）

一个用在评估报告里（以及其他场合）的术语，跳过意味着拒绝，比如：我们不接受你的剧本（We pass on your screenplay）。

推介（PITCH）

推介或推销，是指口头介绍你的电影创意。推介应该简短精练，并像剧情梗概一样，让听众马上就能理解。不过在推介会（pitch meeting）上，尽管开场白要短——就像30秒的电梯推销那样——你还是可以多花点时间讲一讲故事细节。

润色（POLISH）

指剧本开发后期的修改工作，有时会侧重于剧本的某一方面,比如"对白润色"。

推荐(RECOMMEND)

这个术语在评估报告中十分罕见,意思是剧本质量非常高,或者制片人、代理机构或电影公司在评估时特别感兴趣。

剩余报酬(RESIDUALS)

电影或节目制作成光盘销售、在电视或其他市场上放映或发行时,编剧可获得的版税。

分镜剧本(SHOOTING SCRIPT)

分镜剧本或拍摄用剧本,是指开发完成并准备拍摄的剧本。它附有场景编号,并按照规定的流程修订得很完善(比如使用彩色纸张)。

场景说明(SLUGLINE)

场景说明是一种专业的剧本格式,是每个场景开始前插入的介绍。场景说明告诉读者场景发生的地点,时间是白天还是夜晚。比如"内 酒店-夜(INT. HOTEL-NIGHT)",诸如此类。

待售剧本(SPEC SCRIPT)

待售剧本是指为出售而写的剧本(姑且一试,碰碰运气),而不是委托创作。没有人提出要求,但创作者希望有人喜欢。在本书的帮助下,你要写的可能就是这种剧本。

剧本小样(TREATMENT)

剧本小样是在剧本开发过程中产生的文档,它以散文的形式讲述电影故事,目的是说服读者。它推销的是概念、创意，以及关键的故事时刻，不会详细地介绍场景（那是大纲要做的）。剧本小样是概念的第一个证明（投稿投的就是概念），并可能促成交易达成。简短的剧本小样可能有四页，长的则可能有三十页。

美国编剧工会（WGA）

美国编剧工会是编剧的工会组织，有两个分支机构：美国东部编剧工会，设在纽约；美国西部编剧工会，设在洛杉矶。

编剧室（WRITERS' ROOM）

编剧室是电视节目制作中的一种制度，一群编剧和编剧制片人在以作品名称命名的房间里一起工作，为节目想点子，或者开发故事。例如，《周六夜现场》(*Saturday Night Live*) 就有一个著名的编剧室。

"写剧本这件事，我最喜欢的是：它没有一定之规。"

——沃尔特·希尔（Walter Hill），《亡命大煞星》
（*The Getaway*，1972）和《战士帮》（*The Warriors*，1979）的编剧[1]

---

[1] 沃特·希尔的编剧作品还有《异形2》（*Aliens*，1986）、《异形3》（*Alien 3*，1992）、电视剧《魔界奇谭》（*Tales from the Crypt*，1989—1996）等，他也做过导演，并且是《普罗米修斯》（*Prometheus*，2012）、《异形：契约》（*Alien: Covenant*，2017）的监制。

法则 1：

了解写作格式

写剧本有很多法则。从创作层面上讲，有充分的理由要求你遵循一些标准的方法，拒绝其他的方法。许多伟大的编剧改变、忽视或超越了这些法则，改变了我们所有人的游戏。不过，想要超越法则，首先你得了解法则。

在这一章，我们会探讨编剧的基本格式。这里说的"格式"，指的是剧本元素如何在页面上排列，编剧如何描述场景、事件，以及诸如此类的所有事情，甚至包括使用什么字体、什么字号。理解和遵循规定的格式很重要，因为这既是对每个制作部门同事的尊重，也是你已经熟练掌握这一创意工作技能的明证。

剧本的两种功能

要弄明白格式的问题，我们必须记住，剧本承担着两种功能。首先，它是一份文学文档。你的剧本就是你的故事，无论它是什么类型，都应该像所有的好故事那样吸引人。其次，剧本是一份共享的技术文档，它列出一系列指令，供开发、制作和后期的所有人使用。除了靠内容吸引未来的观众，你的剧本还要能用于进行清晰、专业的沟通。剧本要指导演职员表上每个人的工作。

对于第二种情况，遵循格式尤其重要，因为合作者使用剧本的方法都不太一样。他们需要便捷地找到相关的重要信息。这些信息应当出现在他们期望的地方。换言之，这些信息的格式要正确。

让我们以电影的选角导演为例。他们当然想读一读你的剧本，因为他们要了解哪些演员可能适合这个项目。不过，他们需要快速查找信息，让工作更高效。这就是为什么，首次介绍一个人物时，你要把他们的名字大写。大写让名字更醒目，提醒选角导演：这里有个新的角色需要演员。对于容量较大的故事，每个人物的首次介绍也很重要，因为剧本也是一份文学文档。对大部分剧本创作来说，遵循格式既是一项创造性的任务，也是一项功能性的任务。

每个部门都在你的剧本中寻找相关信息。摄影指导要确定一个场景是日戏还是夜戏，道具组需要知道第二天的拍摄是带上一把伞，还是带一根鸡毛掸子。更详细地探讨怎么调整剧本格式之前，要记住一件很重要的事：就连剧本长度也得按规定来。

格式是个把关人

当你向经纪人、经理人、制片人、电影公司、剧本大赛或电影节提交剧本时，他们首先会注意到你的格式。你的剧本看起来像一个剧本吗？如果不像，就显得十分业余，可能读不了两页就被丢下了。格式就像一名把关人。

只要剧本看起来像个剧本，偶尔出现格式错误也算不上什么问题。语法和拼写也一样。几个错别字不会埋没你的作品，但一个明显没有经过校对的剧本是通过不了的。

这就是为什么本书把遵循格式作为写剧本的首要法则。格式之所以重要，还有很多原因，不过现在让我们看看具体是怎么回事。剧本格式有六个关键的标准要素和两个较小要素。我们会逐一介绍。

标准长度

剧情片的剧本一般有个标准范围：90 页到 120 页。其中有一些细微变化——例如，喜剧往往"演得更快"，放映时间短，剧本页数就相对较少，但对于编剧原创的规范剧本来说，90 页至 120 页是个适当范围。委托创作的剧本（电影公司自主开发，而非购买的项目）会有所不同，一般会更长些。

通常的经验是，一页剧本相当于一分钟银幕时间。于是，一个 90 页的剧本就相当于一部 90 分钟的电影。[1] 这当然不是精确的计算方法，但专业剧本格式已经发展了几十年，因此误差不会太大。剧情片过去一直遵照这个长度，其中有个原因是要适应电影院排片。说实话吧，这也跟人类的膀胱和我们的憋尿能力有关！

不过，在流媒体和大片时代，大家对时长的预期正在发生变化。观众在家里看电影，长度不再是问题。主流大片有望变得更长。你见过现在的超级英雄电影少于两小时吗？市场确实在变，但对于规范的原创剧本来说，120页（或120分钟）应该是最大限度。如果你的剧本有 122 页，没人会在意，但要是写到 125 页、130 页或者更长，大家可能认为你不会写。

顺便说一下，你可能想知道为什么剧本还要用 12 磅[2]的 Courier 字体或所谓"打字机"字体。因为这种字体在页面上不需要调整间距，它的大小和间距总是一致的。这也是个标准问题。如果大家都用一样的字体，那么人人心里都有数，用页数计算长度的方法误差不会太大。

页面长度怎么换算成场景呢？常规的计算方法是：一部故事片大约包含 60—65 个场景（现在更多是后者），平均每个场景约为 1.5 页（分钟）。相比用页数计算长度，这

---

[1] 本章中作者讨论的剧本页数与放映时长的对应关系，以及其他一些剧本格式，均为好莱坞的剧本创作标准。中文影视剧本尚未形成如此严格的统一格式。

[2] 英文12磅字号相当于汉字的小四号。

样算出的结果就不那么确定。关键的不同之处在于，大部分电影场景往往很短。4—5 页的场景是很长的，大部分电影里，这样的场景只有几个。比如，你可能会把较长的场景留给重要的戏剧冲突。

格式备忘单

计算规则：一页剧本 = 1 分钟的放映时长

平均剧本长度：90 页至 120 页

平均场景总数：60—65 个场景（每个场景约 1.5 页或 1.5 分钟）

主场景格式

这一点很重要：你的剧本应该用主场景格式（master scene format）来写。主场景格式是一种写场景的方式，它描述动作，但不说明具体的镜头或机位。你描述场景中的动作时，就好像是通过主镜头，也即广角镜头、长镜头或定场镜头来观察这个场景，向我们展示正在发生的一切。如果这听起来很抽象，没关系，我们马上就会举例说明。重点在于，尽可能多地描述动作，而不要直接说明镜头（如特写、中景等）。

如果你读过经典好莱坞时期的剧本，你会发现与那种老派风格相比,这是个重大变化。这种主场景格式成为标准之前,电影剧本经常会写成镜头说明清单。如今,分镜剧本中有比较多的镜头说明和摄影指导,但大多时候,规范剧本里不该有这些东西。实际操作中,你描写观众要在银幕上看到的东西时可能会遇到词不达意的情况,不得不偶尔注明镜头。但是尽量别这么做。

我们举一个爱情电影的小例子。这是一次重要的约会,简要告诉苏菲她爱她。在主场景格式的剧本中,你描述两人的互动,她们在夕阳下牵手走过公园,看着彼此,然后……简深吸了一口气,那三个饱含深意的字脱口而出:"我爱你。"苏菲会怎么说?她会有何反应?这对两人来说都是一件大事,我们可以想象,好的演员和导演能把这个时刻的感觉表达得非常强烈。

传统电影做创意选择时要考虑一个重点问题,是导演在场景中拍摄的"镜头覆盖"(shooting coverage)。所谓"覆盖",是指导演对同一场景要求拍摄的镜头清单,目的是确保后期制作可以对场景做适当的剪辑,也是为了确保能有效地捕捉到戏剧场面。标准的覆盖范围可能要包含这样的一组镜头:中景、中景特写、过肩镜头、她们的对话及反应的特写。举个俗套的例子,也许会有一个切出镜头(cutaway)的特写,表现简握住了苏菲的手。

电影场景的最终效果——也就是看电影时我们的身体和情绪反应——来自观众对那些人物互动特写镜头的忘我沉浸。但是,剧本并不规定该怎么拍这些镜头。它只是告诉我们正在发生什么，至于拍摄要求，则由导演和摄影师在筹备阶段做计划。这就是主场景格式的原则。接下来，让我们来看看剧本上是怎么写的。

剧本格式的标准要素

切记：所有内容都要用 12 磅的 Courier 字体。

转场（Transition）

转场说明都用大写字母，设置为右缩进，放在页面的右边。告诉读者电影如何从一个场景进入到下一个场景。常见的转场有"切入"（CUT TO）或"叠化"（DISSOLVE TO）。剧本的开始和结束也有转场，通常分别是"淡入"（FADE IN）和"淡出至黑场"（FADE TO BLACK）。

场景说明或场景标题（Slugline or Scene Heading）

每次改变地点或时间，你都要使用场景说明或场景标题。无论时间还是地点发生了变化，都会引发一次转场，进入新的场景。这意味着场景 B 可以和场景 A 发生在同一空间，只是时间发生了变化。只要场景改变，就要写一个场景说明。

场景说明包含三条信息，全部都要用大写字母：

1.告诉我们这个场景发生在室内还是室外。室内或室外，写成"内"（INT.）或"外"（EXT.）。有时也会有一些小的变化，例如当我们跟着一个角色跑到了室外，或在车里的场景，就写成"内/外"（INT/EXT）。

2. 接下来，告诉我们场景发生的位置：如乔家的地下室（JOE'SBASEMENT），丛林（THE JUNGLE），鲍勃的魔幻之城（THE MAGICAL CITY OF BOB）。

3. 然后，输入一个连字符"–"（具体输入方法为：空格/连字符/空格），后面写时间："日"（DAY）或"夜"（NIGHT）。可以写得更具体些：拂晓、黄昏，等等。可以用"继续"（CONTINUOUS）来表示从上一个场景到现在，时间未变（尽管地点已经变了，我们正在改变场景）。因此，当人物在大楼里谈话（内），然后他们走出去（外），下一个场景我们在室外看到他们，但作为一个连续的动作，你可以使用"继续"（CONTINUOUS）。

放在一起，你的场景说明看起来就像下面这样：
内　乔的地下室 – 日
或：
外　丛林 – 夜
再或者：
外　鲍勃的魔幻之城 – 继续

动作/描述（Action/Description）

"动作"和"描述"这两个术语，使用哪个都行，不过我更喜欢"动作"，因为这提醒我不要写太多。在场景说明下面，用动作写出你的场景中正在发生什么。要用普通小写字母，并要左右两端顶格写。关于如何写好动作或描述，有太多东西可以讲，这里先说几个小技巧，好让你立即上手。

要指示说明，不要过度描述。 把描述中的每个句子或瞬间当作想象的画面，就像通过镜头在观察。当简练的描述帮我们在脑海中勾勒出一幅画面，你的基本任务就完成了，这时就可以接着帮我们想象下一幅画面。在描述场景中的下一个时刻之前，先空一行。虽然你并没有作出说明，我们也会在想象中"看到"你间隔开的画面，就像一组镜头。

用空白来划分这些想象的画面。 一页剧本不是一堵文字墙。相反，它应该让我们想要跳过空白，进入下一段简短、精练的描述。

首次出现的人物都用大写。 记住，当剧本中首次介绍一个人物时，他们的名字应该用大写字母。要有一两行简要的描述，包括他们的年龄（通常写在括号里）。以下是汤姆·克鲁斯（Tom Cruise）的角色雷在《世界之战》（War of the Worlds，2005）第一幕中的描述：

雷（30多岁，短发，邋里邋遢，几乎总戴着他的纽约扬基队棒球帽，穿得衣衫褴褛，看起来像几天没睡觉）……

（注意：一般不会把整段描述都放进括号里，只写年龄就行。）

让你的文字像银幕上的动作那样灵活巧妙。 有时候，特别是在写动作段落时——打斗、追逐、体育比赛等——灵活运用语言比遵守语法更重要。有很多办法可以做到这一点，其中一个简单的选择是拆分句子，使用省略号或连字符来吸引读者从一个画面转入下一个画面，从这个时刻进入下个时刻。下面是个简短的例子,来自《终结者2018》(*Terminator Salvation*,2009),由约翰·布兰卡托(John Brancato)和迈克尔·费里斯(Michael Ferris)创作:

它向他伸出长长的牙齿,但他扭断了它的脖子,把它扔了出去——

又有两只斯金达克犬逼近。

典范学习
公主新娘（*The Princess Bride*，1987）

编剧可以抛开语法和句法规则，尽情发挥创意吸引读者。这个例子来自威廉·戈德曼（William Goldman）编剧的《公主新娘》。

****

切入：

他们身后的黑暗

还是什么都看不见。这仍然是不祥之兆。

唯有一片阴森。

然后——

月亮滑过，然后——

伊尼戈是对的——那里有很多东西。一艘帆船。黑色的。一个巨大的波浪形船帆。黑色的。那艘船还有段距离才到他们身后，不过正拼命驶来，越来越近。

写动作时，问自己两个问题：

1. 你在剧本中描述的事件，会在银幕上演多久？这个事件是否值得花这么多笔墨？要知道，半页就是 30 秒。

2. 你可以写这么多字吗？要知道，你最多只能写 120 页。你的动作描述越长，能写的场景数量就越少。

这种平衡不太好把握。有时候，呈现戏剧场面或奇观效果确实需要较长的描述。我建议，把空间留给关键时刻，其他地方能精简就精简。

一个提醒，你有没有注意到《终结者 2018》编剧署名中的"&"符号？如果剧本或演职员表中出现两个或多个编剧的名字用"&"连接，就表示他们是共同创作团队。如果他们的名字是用"和"（and）连接，则说明他们分别写了不同版本的草稿。

人物名字（Character Name）

这个格式要素，是说明哪个人物在讲对白。说话者的名字用大写字母，写在页面正中间，单独占一行。像这样：

伊内丝（INES）

附加说明（Parenthetical）

有时候，人物的对白需要补充解释或作出限定，特别是他们不说英语的时候。这种情况就要使用附加说明。这个格式元素要么放在人物名字和对白之间，要么插入到对话行之间。像这样：

伊内丝

（西班牙语）

对白（Dialogue）

人物对白要居中排列。请注意，下面的例子中，人物说的是西班牙语，但对白是用英语写的，这样英语读者能理解。对于简单熟悉的语句来说，这可能无所谓，但对于比较复杂的对话，潜在的专业读者第一语言是什么，你就要用什么语言写。像这样：

伊内丝

（西班牙语）

晚上好，欢迎来到我的聚会。希望你们今晚都能玩得开心。

用括号分割对话行的方法，是下面这样：

伊内丝

（西班牙语）

晚上好，欢迎来到我的聚会。

（英语）

希望你们今晚都能玩得开心。

附注（Extension）

附注算不上一种格式要素，更像是对格式要素的补充说明。附注放在人物名字的后面（但要在对白之前），用来说明人物是在画面之外，也就是在镜头中没有出现。例如，**伊**

内丝(O.S.)，表示她说话时没有出现在画面里（off-screen），而伊内丝(V.O.)，表示我们听到的是她的旁白（voice-over），而不仅仅是说明她说话时没有出现在画面里。[①] 记住，一整行都要用大写字母。

镜头（Shot）

严格来说，这个元素会破坏主场景格式的规则，但它会以这样或那样的形式出现。剧本中有许多方法可以说明镜头类型。重要的是不要过度使用镜头说明，那会让你的剧本杂乱无章。

举个简单的例子，当你需要我们"看到"一个插入的画面——隐藏的东西或一个细节。有些编剧会使用"近距离拍摄"（CLOSE ON）这样的表达，在空一行之后从页面最左开始写起，表示一个切出镜头。如下：

近距离拍摄：吉姆伸出的手掌中，一个微型追踪器（TRACKING DEVICE）。

主场景中的大部分镜头说明，都是根据情况灵活使用的。一本优秀的剧本格式手册能提供很多实用选择，比如克里斯托弗·莱利（Christopher Riley）的《好莱坞标准》（*The*

[①] 大家在日常交流中有时会比较随意使用缩写"OS"，比如用"内心OS"的说法表示人的内心独白，这与专业剧本中使用的"O.S."不同。在专业剧本中，O.S.指的是电影中的一个人物在场景之中，只是没有被镜头拍到，观众只听得见他在说话，可能是自言自语，也可能是在和场景中的其他人物说话。而V.O.特指旁白，是电影故事的声音讲述，声音的来源可能是其中一个人物，也可能不是影片中的任一人物，一般在后期制作时配音完成。

Hollywood Standard）。（详见本书附录的延伸阅读资源。）

手持道具（Hand Props）

可能你已经注意到，上面例子中的"微型追踪器"使用了大写字母，以便让重要的手持道具更加醒目。这是一种提醒道具部门的常见方式，和人物首次出现时用大写字母是一样的目的。大家要在剧本上快速查找信息，大写会更显眼。有些编剧会用大写表示特效，如：子弹击中地面**溅起碎石屑**（GRAVEL SPRAYS as bullets hit the ground），以此强调这些效果要在拍摄时就实现，而不是后期制作时用电脑模拟。

普遍原则

下面是写作格式和编剧技术的一些基本原则，需要牢记。

少即是多。给读者提供足够信息来了解情况即可。我们不需要知道每个细节。

避免格式上的"毛病"。例如，许多编剧使用"停顿"一词作为简写，表示动作或对话中的短暂停顿。烂编剧每隔一行就写一个"停顿"。这会让人一看见就烦。请少用。

不要乱放乱用。格式要素要准确恰当地使用。最容易滥用的是用括号说明动作。千万别这么做，除非你是《公主新娘》的编剧威廉·戈德曼。我知道你不是，因为他已经死了。

不要过度说明人物反应。 让你笔下的戏剧场面和对白自行呈现。演员和导演讨厌你管得太细。一页不带任何动作描述的对白就挺好。

不要写废话。 如果我们看到了银幕上发生的事，说明你已经描述过了，不要让人物再重复说一遍。

一则古老的格言：要展现，不要说明。 电影是视觉媒介，要尽可能地进行视觉沟通。要勇于传达言外之意。

告诉我们人物的动作和对白。 最后，也是最重要的一点：我们不会读心术，所以不要在描述动作时直接告诉我们人物在想什么。要告诉我们人物做了什么，说了什么。如果你的场景写得足够好，我们就能理解他们在想什么。

闭门写作
格式练习

按格式写出以下场景：

一家人在家聚餐。他们手拉手，跟着父亲做餐前祷告，但儿子却狡猾地低头看向自己的膝盖，他在等女朋友的短信。

需包含以下内容元素：

1. 写一行**场景说明**，要有地点和时间。

2. 写一到两行**动作描述**，告诉我们发生了什么。（指明出场人物，但可以假设他们不是首次出场，不用详细描述。）

3. 写一个**人物**，介绍发言的父亲。

4. 写一段**对白**，父亲祷告时说了什么。

5. 写一个**镜头方向**，展现出儿子藏在腿上的手机。

6. 写一个**转场**，带我们进入下一个场景。

习题： 我们读不到儿子的内心，你要如何表现他的意图？要展现，不要说明。

> 让你的文字像银幕上的动作那样灵活巧妙。有时候,特别是在写动作段落时——打斗、追逐、体育比赛等——灵活运用语言比遵守语法更重要。

法则 2:

理解故事结构

谈论剧本写作，很难绕开三幕范式（three-act paradigm）。就算你是个新手编剧，也可能听说过这个术语。无论你是不是要遵循，知道三幕范式的含义和使用方法都很重要。

从20世纪80年代初，三幕范式就已经是好莱坞项目开发的默认语言了。这意味着许多（但不是所有）电影制作人训练出了三幕的思考方式，并期望你也用这种方式写作。这会影响到你对自己故事模式的思考，从而决定你的大纲，在合适的情况下也会决定你的剧本小样。

也不是所有的好莱坞电影都符合三幕范式。不过，如果是为电影制片厂或较大的独立制片公司工作，你至少得能够按照这些术语思考和沟通——就算你想打破法则，也得先了解法则。

杰出的三幕范式

三幕范式是一种讲故事的模式，它把你的剧本分成三个大的逻辑部分或戏剧单元，每个部分都要完成一项特定任务。我们通常认为这三部分是开头、中间和结尾，或者叫背景阐述、冲突发生和冲突解决。在这个基础上，可以有许多创新变化，例如一个以人物为中心的故事，可以划分成背景阐述、人物转变和作出决定。在人类讲故事方面，这种结构有着深厚的传统。下面让我们更深入地了解一下。

为什么是三幕

三幕理论的历史可以追溯到亚里士多德。在他的著作《诗学》（*Poetics*，公元前335年左右）中，这位古希腊哲学家确立了一种悲剧写作模式，定义了三个关键的故事元素：开头、中间和结尾。亚里士多德还把悲剧的结构分为两大部分：复杂纠葛和揭示（粗略地概括，就是问题设置和问题解决），从这一点可以知道，亚里士多德的故事模式，并不是有些创作者认为的那样，只是简单套用三幕。不过，话说回来，《诗学》在戏剧写作史上确实产生了非常大的影响。

快进到好莱坞电影工业时代，三幕的说法是悉德·菲尔德（Syd Field）提出的。在那本很有影响力的著作《电影剧本写作基础》（*Screenplay*）中，这位传奇编剧普及了"三幕"的概念。菲尔德对"故事"做了精简浓缩的归纳总结，让不写剧本的人也能明白是怎么回事。虽然后来出现了很多教人写剧本的书（比如你正在看的这本），但当代好莱坞围绕三幕范式形成了一套专门词汇，的确是因为《电影剧本写作基础》。

三幕范式有效吗

罗伯特·麦基（Robert McKee）在他的著作《故事》（*Story*）中说，三幕剧本结构是逐渐形成的一套原则，非常灵活，既能驯服狂野的文字，又能容纳故事的因果逻辑。尤其是，它可以很好地用在各种媒介形式上。在类型电影上，三幕范式特别管用，这类电影比较注重公式。

三幕范式并不是一个化约的公式，尽管因为它套用范围太广而导致人们有这样的诟病。有一种批评认为，三幕结构适合用来讲现实中不会发生的寓言，这种故事遵循因果，结局完满，清晰明确。真实的生活可不会这样。

如果你读过剧本，就会发现很多作品都是三幕范式的变奏。要知道，大部分剧本的结构功能都一样，让你回味的是大大小小不同的故事。

归根结底，是想遵循久经考验的模式，还是要彻底打破形式，这由你说了算。重要的是，你不仅要关心想讲的故事，还要有意识地关注故事该怎么讲。这正是研究结构的意义。

三幕故事实例分析：《冬天的骨头》

　　小说《冬天的骨头》（Winter's Bone，2010）的改编，编剧黛布拉·格兰尼克利（Debra Granik）和安娜·罗塞里尼（Anne Rosellini）利用了密苏里州奥扎克地区原住民习惯对他人罪行保持缄默的风俗，这让故事的三幕情节更为真实可信。电影的结构中规中矩。第一幕，密苏里州的女孩芮·多利家境贫困，母亲患有精神疾病，芮需要独自照顾弟弟妹妹，却发现失踪的父亲把家里的房子和土地做保释金抵押掉了。她决定去找父亲，但没人愿意帮忙。

　　第二幕，芮尽管遭到了恐吓威胁，但仍不放弃。叔叔"泪珠"渐渐注意到这件事，伸出了援手。到了故事的中间部分，父亲没有按时出庭。芮意识到如果一周内找不到父亲，家里房子就会被没收，她公然去找毒品家族的老大米尔顿打听消息。

　　米尔顿手下的女人报复芮，狠狠揍了她一顿。她们要杀了她，幸好"泪珠"及时赶到，声称自己对芮负责。没有人愿意得罪"泪珠"。芮和"泪珠"继续寻找，但毫无结果。事情很明显，父亲可能已经死了，因为他曾和警长有过接触。找人的过程中，"泪珠"得罪了危险的原住民。

　　第三幕，芮无视禁忌的行为有了结果，那几个打过她的女人主动找上门，带她找到父亲的尸体，并用电锯切下了尸体的双手。芮把那双断手交给了警方，以此证明父亲已经死了。

　　最后，房子保住了，芮也得到了父亲保释金里余下的那笔钱。就在这时,"泪珠"告诉芮自己查到了凶手是谁。于是在影片结尾,芮解了燃眉之急,而"泪珠"则要展开行动,很可能他会在一触即发的家族仇杀中死掉。

《冬天的骨头》最不落俗套的地方,是它对因果关系的节奏把控。编剧有时会让芮的努力毫无结果,迟迟得不到支持和帮助,让她寸步难行。出现转机时,似乎也没有给出直接的解释——当然,这个世界的变化总是来得缓慢,一个人从拒绝到伸出援手是需要时间的。当我们陪伴芮度过那些挫败和孤立无援的时刻,和她之间的情感共鸣就会更强烈。最终,通过三幕情节的发展,芮拯救了自己的家,但编剧并没有模仿那些好莱坞大片风格,而是根据故事自身的节奏和旋律,发挥了传统的电影结构。

三幕范式适合我吗

下面这份问题清单,能帮你决定三幕范式是否适合你的故事。如果肯定回答比较多,三幕范式可能很适合你。

1. 你的故事是否属于通俗类型,如恐怖、科幻、爱情喜剧、惊悚等?
2. 你的主人公是由强烈的目标驱动吗?
3. 你的故事概念是由情节发展驱动吗?
4. 你希望故事结尾交代清楚所有事情吗?
5. 故事的主人公发生了重大性格转变吗?

> 6.这个故事是面向主流好莱坞观众的吗?
>
> 如果否定回答居多,你就需要再仔细想想,是否要直接套用三幕范式,并可以考虑一下其他方法。相比《冬天的骨头》打破常规因果关系的节奏,也许你会有更大胆的突破。

突围明星
艾娃·德约列的编剧经历

编剧、导演、制片人和发行人艾娃·德约列（Ava DuVernay）在编导第一部小成本短片之前，做了十多年的宣传人员。自从2006年作品上映，她已经成了评论界的宠儿，并拿到了艾美奖（Emmy Awards）、英国电影学院奖（BAFTA）和皮博迪奖（Peabody Awards）。艾娃·德约列导演了《塞尔玛》（*Selma*, 2014）和《时间的皱褶》（*A Wrinkle in Time*, 2018），也是奥斯卡提名纪录片《第十三修正案》（*13th*, 2016）的编导，她在编剧行业网站"黑名单"（the Black List，网址为 https://blcklst.com）上与斯科特·迈尔斯（Scott Meyers）谈论了自己做编剧的经历。

"有很长一段时间，我都觉得'我永远不可能成为一名编剧，因为我有其他工作，或者我有其他可以谋生的工作'。实话实说，我的经验是——它在其他很多方面也帮到过我——要做一件事，要成为一个什么人，你不必马上全身心地投入。你可以晚上写，周末写，尝试一下！你去徒步旅行，到处探索，并不意味着你非要在哪儿建一座房子。你可以只是出去走走看看。要这样对待你的梦想。我觉

> 得，特别是对那些想转行，或是想在导演、编剧、电影制作方面试一试的人来说，如果我有什么经验可谈，那就是：这不是一件非此即彼的事。你可以探索，你可以搞清楚它是否适合你，你会承担风险，但风险不大。你大可不必为了立即追求梦想而放弃生活。这是一个至关重要的经验。长期以来，我觉得自己真的被困在了宣传工作里，要么想'这是我的工作'，或者说'我不能没有医保'，再或者：'我要怎么维持生计？'这样马上就会钻牛角尖，觉得要追求梦想就得孤注一掷。不必非那样不可。追求梦想可以一点一点来。"

打破常规结构

不是每部电影都遵循三幕范式。在这一节，我们会探讨一些不同的讲故事方法。这些打破常规的电影不算多，但在近几十年来独立电影中，它们是一些非常令人难忘的电影叙事实例。如果非同一般的做法奏效，效果往往也是非同一般的。

非顺序情节

有些时候，非时间顺序的情节会反复使用闪回结构，以揭示真相和证实动机。昆汀·塔伦蒂诺（Quentin Tarantino）的《落水狗》（*Reservoir Dogs*，1992）里，我们发现橙先生原来是个卧底警察，用的就是这种方法。还有些时候，这一类情节不按顺序叙述，为的是唤起观众的记忆——比如斯科特·纽斯塔德（Scott Neustadter）和迈克尔·H. 韦伯（Michael H. Weber）编剧的《和莎莫的500天》（500 Days of Summer，2009），或者也会用其他方式强化主题。

还有一种非顺序情节的表现形式是循环叙事。比如昆汀的《低俗小说》（Pulp Fiction，1994），故事元素打乱时序出现，通过象征和主题的相互作用，给观众带来了一种别具风格的趣味。大卫·林奇（David Lynch）和巴里·吉福德（Barry Gifford）编剧的黑色电影《妖夜慌踪》（Lost Highway，1997），则是利用循环结构来揭示和（可能）解决主人公本性方面的心理谜题。对大多数剧本来说，选择时间顺序结构是对的，但如果非顺序结构用得好，则可能是电影成功的关键。

多线情节结构

多线情节的电影，一般会把故事线分配给几组不同的人物，他们的行为活动不但安排得很周密，还和电影的主体情节和主题有关。多线情节电影与大群戏电影不同，其中一个原因是涉及的子情节和人物要少一些。比如《无事生非》（Much Ado About Nothing，1993），影片中相互独立的爱情线交织在一起。再比如《传染病》（Contagion，2011），向我们呈现了一场从不同角度蔓延开的大瘟疫。

还有多段式电影，如《罪恶之城》（Sin City，2005），在几个交织的硬汉故事中讲了一系列人物，以及《神秘列车》（*Mystery Train*，1989），它由三个短篇故事组成，讲述田纳西州孟菲斯市里来自不同国家的人。另外还有一种多段式电影，仅仅是围绕一个中心概念或主题，集合了不同创作者的短篇作品。多线情节结构鼓励观众关注大主题或概念，而不是单个故事。

群像结构

有两种典型的群像故事结构。第一种，也是最常见的，有一个或多个明确的主角，但允许其他人物有各自的主线和次要情节，或者有各自的发挥空间。《瞒天过海：美人计》（*Ocean's 8*，2018）和《十二金刚》（*The Dirty Dozen*，1967）就是这种故事。

另一种常见的群像结构，为我们展现了一组有各自独立情节弧线的人物，但他们的行为有主题上的关联。比较近的一个典型是《真爱至上》（*Love Actually*，2003），电影中的那些情侣和即将恋爱的人从不同的角度探索了爱情。在《通天塔》（*Babel*，2006）里，编剧吉列尔莫·阿里亚加（Guillermo Arriaga）用更复杂的主题方式把四个故事编织在一起，故事之间的关联是一起不经意的暴力事件。

极简情节

谈到情节很简单的电影时，有些人会用到"无因果关系"的说法，但我更愿意认为这只是"极简情节"的电影，大家看这些电影时，多少还是能察觉到一些因果线索的。电影里有一些传统情节之外的东西吸引我们继续往下看，比如说电影的风格，或反常的人物之间的互动，这些比情节重要。在这类电影里，我们关注人物在做什么，而他们什么也没做，那就对了，这就是看点。

有个极简情节电影的例子，吉姆·贾木许（Jim Jarmusch）的长镜头电影《天堂陌客》（*Stranger Than Paradise*，1984），我们跟着两个无聊的赌徒和一个来自匈牙利的表弟在纽约（第一幕）、克利夫兰（第二幕）和佛罗里达（第三幕）闲逛。什么也没有发生，不过，这种极简主义的电影结构支撑着人物之间慵懒的互动。这种结构很松散，而且不清晰，很难拍得好。

动作和节拍

我们把一个故事分成了三幕，在此基础上，可以进一步划分出段落（sequence）或节拍（beat），每一个节拍都能有效地推动故事进展。于是，我们会看到一个包含九个节拍的故事结构。每个节拍可以有不同长度，这取决于你希望它们如何影响观众。一个故事节拍可以落在一个画面或一行对白上，也可以持续二十分钟。

不同的电影故事可以用不同的强度来处理节拍，具体要看故事的体裁、风格、目标和主题。一般来说，故事里需要更多笔墨说明问题的地方，节拍也会更长，但也不完全是这样。相比之下，短节拍往往非常清晰，而且目的明确，不需要微妙的发展。

下面介绍的这些节拍形式，大体上可以适用于任何你想写的故事片，除非是那种真正的实验电影。我们以《乔乔的异想世界》（*Jojo Rabbit*，2019）的结构举例分析，这部电影改编自克莉丝汀·莱南斯（Christine Leunens）的小说《囚禁的天空》（*Caging Skies*），编剧、导演塔伊加·维迪提（Taika Waititi）以此获得了奥斯卡最佳改编剧本奖。

法则2：理解故事结构 | 049

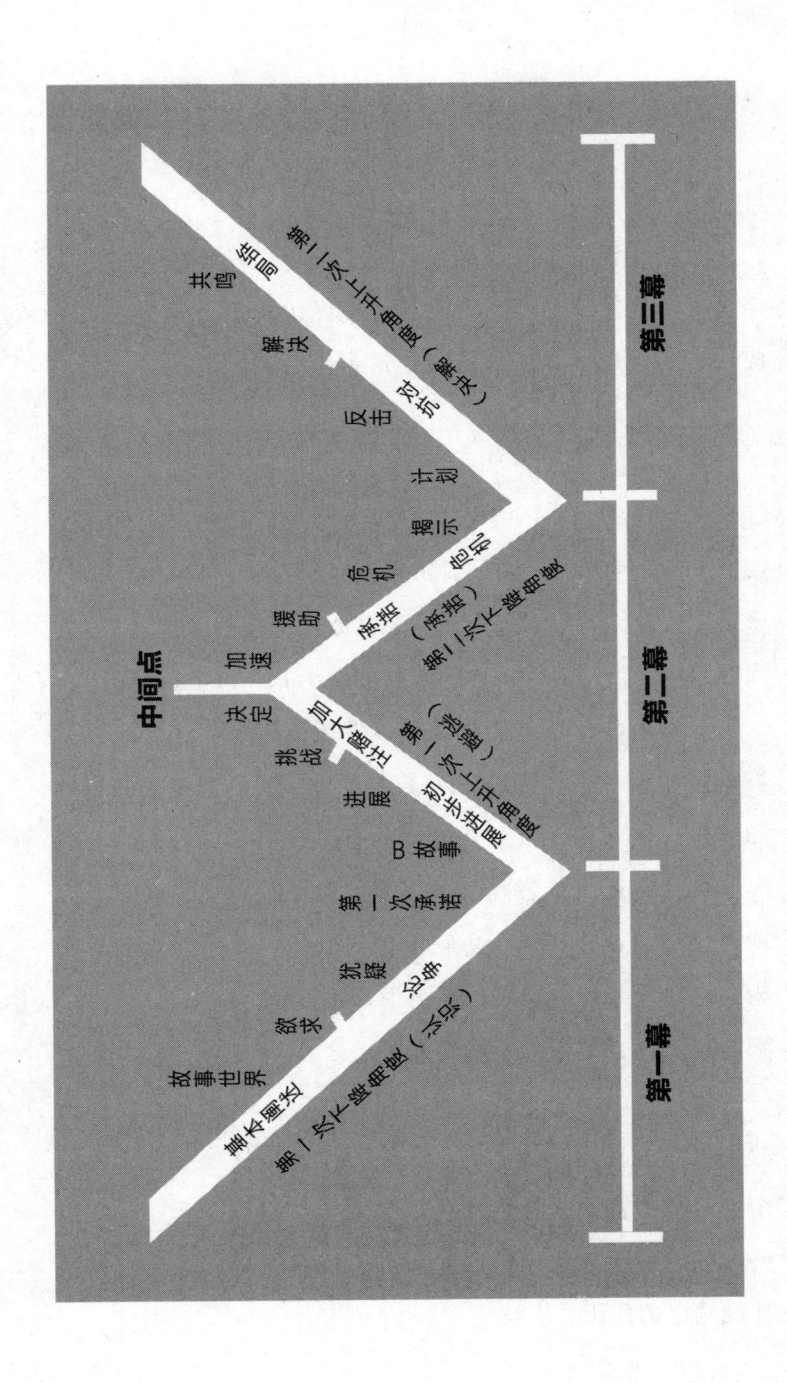

故事结构图

第一幕：
- 故事世界
- 剧本厘法
- 第1次主角亮相（亮相）
- 欲求
- 犹疑
- 没事
- 第一次承诺
- B故事
- 进展
- 初步进展
- 第一次主角亮相
- 第一次逃避

中间点：
- 决定
- 挑战
- 加大赌注
- 加速
- 援助

第二幕：
- 承诺（苦苦）
- 第二次主角亮相
- 危机
- 新危机
- 揭示
- 计划
- 反击对抗
- 解决

第三幕：
- 第二次主角亮相（解决）
- 共鸣结局

第一幕的节拍

大部分故事片第一幕都比较短,在 90 分钟的电影里,可能时长不到 30 分钟。第一幕树立了主人公在其世界中的形象,并设定了故事的目标和主题。第一幕结束时,无论多么不情愿,你的主人公都已经做出决定,要努力去达成目标和表现主题。这里面包含了两个大的节拍。

基本阐述

电影始于这样一个世界:主人公有亟待解决的问题,或尚未满足的渴望。我们看得到他们的需求。不久之后,一个事件把他们的心思集中在这个目标上,或者,把它放在更大的问题之下。这就是你的激发事件(inciting incident)。

激发事件,是指能推动故事发展的事情。在传统好莱坞电影的第一幕,我们认识了主人公,了解到他们的目标和梦想。接下来,一些戏剧性的事件发生了,他们因此脱离了日常轨道,或者踏上了追梦之路(也可能失败了,表现得很勇敢或很搞笑)。在浪漫喜剧里,是一对苦命鸳鸯相会;在杀人狂电影里,是杀手开始行动;在复仇电影里,则是有人伤害了主人公或他们所爱之人。

知道你的激发事件非常有用,因为它可以马上让你的故事概念表现出具体的利害关系。激发事件唤起主人公的个人欲望或需求,让后续的故事或情节得以聚焦。(我们将在法则 3 深入地讨论激发事件,现在让我们关注它在整体结构中的作用。)

在《乔乔的异想世界》中，"基本阐述"的节拍完成得掷地有声，我们看到，十岁的乔乔穿上他的希特勒童子军制服。随后，我们了解到，乔乔脑内有一个古怪滑稽的阿道夫·希特勒——这是他想象中的朋友。乔乔发誓，他将为这个希特勒奉献自己的全部。

乔乔十分狂热，希望在即将到来的纳粹童子军露营远足活动中有出色表现。他迫不及待地想证明自己，做一个男子汉。这确立了影片的主题——成长。

在激发事件中，按照命令，乔乔得杀死一只兔子，证明自己的勇气和男子气概。乔乔拒绝杀兔子，童子军的其他人欺负他是个懦夫，叫他"乔乔兔"。

论争节拍

你的主人公确实想得到一件什么东西——或者想要避免一件什么事——但他们不知道怎么才能得到，或者自己是否能够得到。主人公想要的那件东西和故事的主题直接相关。

第一幕结束时，我们确立了故事讲的是"谁要做什么事"。对于是否要去实现目标，以及如何努力实现目标，你的主人公也进行了一番争论。他们做出了第一个承诺，但是这个承诺比较软弱、不那么确定，或者不切实际。于是，他们需要进一步的行动——这是第二幕要讲的。

在《乔乔的异想世界》中，论争节拍很短。乔乔拒绝杀死兔子之后，想象中的朋友希特勒出现了，他鼓励乔乔，劝他说兔子也是勇敢的。"做兔子，"想象中的希特勒告诉他，

"要勇敢、狡黠和强大。"乔乔大受鼓舞，跑了回去，小伙伴正在那儿练习实弹投掷。乔乔满怀自我证明的热情，第一次做出承诺，要勇敢、坚强（要成长）。他向前奔跑，掷出一枚手榴弹，手榴弹撞到树上弹回来，在他脚下爆炸，炸伤了他的脸和腿。乔乔被送进了医院。

请记住，第一幕结束时首次做出承诺这个节拍，是为了说明主人公任重道远，尚需努力。手榴弹的事故就是这个意思。

第二幕的节拍

第二幕给有心无力的主人公带来了实现目标的真正机会。这意味着，第二幕讲的是人物转变。在情节驱动的电影里，转变也可能是得到能助你成功的东西——强大的武器、重要的线索、一个伙伴、一项计划，或者以上所有。

第二幕通常是电影里最长的一幕，在90分钟的电影里，大约占45分钟，我们可以把它分为两个部分。第一部分通向中间点，这是主人公做出第二个关键决定的地方。在中间点，他们为实现目标再次做出了一个承诺，不过这回他们知道，开弓没有回头箭，自己将无路可退。中间点的承诺通常需要足够的胆识和勇气，主人公经常因为这个转变成长为英雄。

过了中间点，一切进展都会加速，还会变得更加困难。在追寻目标的旅途上，你的主人公将要迎来极限的考验。

初步进展

你的主人公开始朝着目标进发。开始很容易，他们取得了一些进展。很快，对抗力量聚集起来，阻挠他们的行动。

乔乔渐渐康复，但他感觉自己很无力。这时发生了两件大事。首先是乔乔看到中央广场上悬挂着遭处决的叛徒尸体，赤裸裸地揭示了纳粹政权的黑暗。接下来，乔乔发现，妈妈瞒着自己在家里的隔层中藏了一个叫艾尔莎的犹太女孩。

艾尔莎威胁乔乔，如果走漏风声，乔乔和妈妈都会遭到惩罚。两人开始了一系列古怪的互动，乔乔向艾尔莎提出质问，想了解更多犹太人的情况。一开始，他表现得像个典型的种族主义者，艾尔莎则反过来对他嘲讽一番。渐渐地，两人相互了解得多了，乔乔的提问也变得理性和深入起来。

加大赌注

前进的道路愈加艰难。现在，你的主人公不得不做出第二个承诺。这一次他们很清楚利害所在，他们无路可退了。

在《乔乔的异想世界》中，乔乔与妈妈争吵，指责她的种种不是。一方面，他对妈妈藏匿犹太人感到愤怒。另一方面，对艾尔莎的了解越多，他越喜欢这个女孩。家里的矛盾日益加剧，对艾尔莎的感情却让乔乔渐渐认清了外面世界灌输的谎言。

同时我们也大概了解到，乔乔的妈妈正在用其他方式抵抗纳粹，虽然影片并没有清楚地交代细节。

中间点

你的主人公做出了第二个承诺。这是好事。也许,他们正在成长为英雄。

在《乔乔的异想世界》里,中间点不那么明显,但在情感上很有说服力。从时间进度看,中间点出现在影片后半程。由于故事的重点在于乔乔渐渐明白事理的曲线变化,这一过程让他对艾尔莎有了人性的理解,并通过艾尔莎更人性地看待普通犹太人。这个过程花了大量的银幕时间,因此当它发展到中间点时,观众会觉得这是自然而然的。

妈妈告诉乔乔,如果感觉肚子里出现蝴蝶,就是陷入了爱情,艾尔莎让他有了这种感觉。电影画面直接表现了乔乔的内心世界,一群蝴蝶叠加出现在他肚子里。毫无疑问,经历了这个时刻之后的乔乔已经不再迷恋纳粹,拥有了成熟的人格和情感。

爱,就是乔乔的第二次承诺。当盖世太保出现时,这份爱立即在承诺节拍中经受了考验。

承诺

随着赌注越来越大,阻力也越来越大。幸运的是,一路走来的朋友和伙伴往往会提供某种形式的援助。

在《乔乔的异想世界》里,盖世太保搜查乔乔的家,危机一触即发。艾尔莎假装自己是乔乔去世的妹妹英奇,乔乔则在一旁配合演戏——看出他的改变了吗?和希特勒童子军打过交道的克伦琴多夫上尉喜欢乔乔,他帮忙核实了艾尔莎/

英奇的身份，盖世太保离开了。

危机

你的主人公被故事中的对立势力击倒（情感上或身体上），状态跌入谷底。这就是他们的危机。这时候，他们处在了最低点。不过，他们切实地明白了事情的真相，加上一路上伙伴的帮助，前行的道路就此展开了。尽管困难重重，但至少他们有了一个计划。把这个计划付诸行动，就是第三幕要展现的。

在《乔乔的异想世界》里，乔乔来到中央广场，发现妈妈已经被当作叛徒绞死了。悲愤交加之中，他攻击了艾尔莎。

想象中的希特勒试图劝说他加入纳粹，但乔乔不愿意。

接下来，乔乔和艾尔莎第一次敞开心扉沟通。艾尔莎尽自己所知，告诉了乔乔他爸爸妈妈的情况，并把他当作和自己一样心智成熟的大人，因为经历了情感痛苦的乔乔已然成长。

第三幕的节拍

第三幕也比较短，不到 30 分钟。大部分电影里，这可能都是最短的一幕。这一幕讲的是蓄势待发的主人公如何实施计划，达成目标，并充分表现了他们的主题。他们将经历最后一个考验，然后（一般来说）取得成功。看完电影，我们会再次审视主人公的世界，因为结局已然改变了它。这里有两个大的节拍。

对抗

第二幕结束时制订的计划已经付诸行动。每一个计划都会遭遇反击。反面角色会做出最后的对抗。

在《乔乔的异想世界》里，外部力量对乔乔和艾尔莎施加了压力。乔乔在城市的废墟中寻找食物。此时已是兵临城下，但来的会是美国人还是苏联人呢？最后的战斗迫在眉睫。

乔乔卷入了混乱的战局。德国战败了，美国和苏联军队接管了城市。穿着德军衬衫的乔乔差点被苏联士兵处决，但克伦琴多夫上尉假装乔乔是犹太人，并向他吐口水，救了他一命。乔乔活了下来，而克伦琴多夫上尉被打死了。

结局

成功了！或者是一场令人满意的戏剧性失败！目标已经达成，主题得以彰显，世界和主人公都被故事改变了。电影结束前，我们要看到这样的变化。

在《乔乔的异想世界》里，乔乔没有第一时间告诉艾尔莎外面已经安全，可以不用再躲着了。因为他害怕艾尔莎会离开。最终，他表现出了自己的成长，告诉艾尔莎自己爱她。他明白，艾尔莎不可能因为他的爱而永远躲在家里不出去。他带着她来到了外面的世界，两人一起快乐地跳起了舞。

冲突的作用

就结构而言，你的主人公遇到阻挠目标的反对力量时，故事就有了戏剧性（戏剧即冲突）。我们看到，在《乔乔的异想世界》的结构中，许多节拍都隐含或明确表现了冲突。

理想情况下，主人公和他们的对手——包括故事里的反面人物——应该都拥有与故事主题相关的目标。如果说，你在故事设置了对同一主题有不同看法、态度、需求和欲望的人物关系，那么他们的互动、冲突就会变得很重要，且有了戏剧性。

在《神偷奶爸》（*Despicable Me*，2010）里，主人公格鲁想成为世界上最伟大的反派。他的对手维克多也有同样的目标。这使他们有了情节上的冲突，而这种冲突，有助于在故事中揭示和探索格鲁的内在动机。《驯龙高手》（*How to Train Your Dragon*，2010）里，反面角色大块头斯托伊克想要猎龙，他十几岁的儿子主角小嗝嗝也想猎龙。他们只是对该如何猎龙有不同的看法。在电影里，小嗝嗝理解龙，想和龙交朋友。斯托伊克不理解龙，想把龙都消灭掉，于是家庭冲突就发生了。这个例子提醒我们一个重要的原则：反面人物不一定是邪恶的。反面角色只是体现或代表了主角的对抗力量，他们的行为并不一定是有道德意味的。

有些对手的目标极其简单，跟道德一点关系也没有。一群狼饿了，而你的主人公闻起来像一顿午餐。狼群可能没有复杂的"人物刻画",但在一部荒野求生的电影里,生存就是主题,对手就是荒野,简单的对手就能表现出你的主题。

我们该如何在电影剧本中运用冲突呢?编剧有很多方法,但其中最重要的两种方法是加大赌注和考验人物。

加大赌注

在《星球大战4:新希望》里,汉·索罗说:"擅长对付光剑训练器是一回事,但对付人管用吗?那可是另一回事。"①

汉说出了许多编剧的心声,他预感到将来的事会更加困难。加大赌注是件很有意思的事。它证明了你的对手是个真正的挑战,你的麻烦是个大麻烦。在一个好故事中,没有谁能轻易得手。下面两个例子,可以说明如何加大赌注:

1. 饥饿的狼群把你的主人公莉莉追进一个山洞。洞里有只熊。这是只熊妈妈,而莉莉刚刚在黑暗中被她的小熊绊倒了。赌注正式加大。

2. 你的主人公珍偶遇前女友凯利,渴望爱火重燃。不过,现在凯利正和珍的另一个前男友亚历克斯约会。亚历克斯十分讨厌珍。对了,再补一刀,第二天早上上班,有个人刚被猎头挖来,成了珍的新任部门经理。猜猜是谁?没错,是亚历克斯。赌注正式加大。

---

① 这句台词原文是:"Good against remotes is one thing. Good against the living? That's something else." 大意是模拟训练是一回事,实战是另一回事。作者在此处引用,是为了说明故事主人公需要更大的阻碍。

在剧本冲突中，加大赌注还能发挥第二种关键作用：我们可以通过加大赌注来考验人物。

考验人物就是制造障碍

冲突使你的主人公奋力行动。那些针对他们弱点或不安全感的冲突，会让他们更加卖力。如果莉莉能在狼和熊的夹击中活下来，她就证明了自己。如果珍能摆脱工作和约会的困窘，她也能证明自己。在这些情况下，我们制造有意义的障碍是为了考验人物。

《驯龙高手》里有一只巨大的龙母，要让其他龙获得自由，就必须打败龙母。这条龙当然是影片中最危险的敌人，但她算不上是对手，因为她并不表现影片的主题。斯托伊克才是对手，龙母只是一个障碍。

龙母向部落战士发起进攻，一切似乎都要完蛋了。然后，小嗝嗝骑着他那条亲如兄弟的龙，带着其他骑龙少年前去营救。斯托伊克终于明白，他误解了龙，也误解了自己的儿子。他向小嗝嗝道歉，这时候，电影的主题已经表现出来了，但却还有一条巨龙需要打败。再说一遍：障碍和对手不是一回事。

障碍是对人物的考验，无论是在情感上、身体上，还是智力上，它们展示出的是主人公在实现目标和表现主题的路上走出了多远。

闭门写作
情节练习

这个练习要演练的是，人物如何发生冲突，形成故事和情节。我们从一个简单的命题出发，即观点使人愤怒。观点确实会引发冲突。你的主人公很有主见。她对万事都有自己的看法，不分大小。

1. 在这个练习中，我希望你挑选六个主人公有鲜明看法的问题。不一定都要和宗教或政治有关，当然也可以有关。例如，她可以是个无神论者，也可以是个自由主义者。这些都是影响生活的大问题，但她对琐事也很坚持自己的看法，比如怎么煮宽面条是最好的，或者哪个演员是最好的詹姆斯·邦德（是肖恩·康纳利[Sean Connery]，来挑战我吧）。

请记住，一个人的表面看法，可能意味着他们内心正进行着更深层次的情感、智力或其他心理活动。他们是无神论者，是因为他们的父母也是无神论者吗？还是因为他们的父母是福音派教徒，而他们很叛逆？或者是因为，他们已经深入研究和考虑了信仰与科学的问题？为什么一个人物会这么关心做宽面条的方法？这可能和很多方面有关，他们的种族、移民身份、阶级忠诚、渴望旅行、想在生活中寻找某种真实性、需要组织，也可能与未解决的童年问题有深层的情感联系。如果挖得够深，你可以围绕对早期邦德电影的热爱拍出一部电影来……

2. 写出四个其他角色，并建立他们与主角的基本关系，可以是朋友、亲戚、恋人、曾经的恋人、同事，或其他关系。

3. 让他们对主人公的每个观点都发表一下自己的看法。

4. 问问你自己：如何让这一群各有主见的人物引出主题（法则3会详细讨论）、冲突和情节？

> 就结构而言，你的主人公遇到阻挠目标的反对力量时，故事就有了戏剧性（戏剧即冲突）。理想情况下，主人公和他们的对手——包括故事里的反面人物——应该都拥有与故事主题相关的目标。

法则 3：

发展你的故事

现在，你已经对故事结构有了更多了解，我们来发展一下故事，深入挖掘推动故事及次要情节（subplot）的主题。首先来看看第一幕中的激发事件。

这个推动的节点——或行动的召唤——是个关键标记，有助于把主题融入到故事和情节里。激发事件有很多种，但它们作用都一样，就是让主人公直面自己的希望、梦想和失败。

现在开始，我们要看一看故事所需要的组件，重点关注人物如何推动情节弧线的形成，以及如何基于主题有逻辑地构建故事。然后，我们会探讨怎么把所有东西熔于一炉。

从激发事件开始

先提醒一句，激发事件是电影情节中较早发生的事件，它能把整个故事带动起来。激发事件之前，主人公的世界通常处在静止状态。他们可能过得不错，但过于风平浪静，也可能在物质或情感上有所欠缺。他们可能已经准备改变，尽管自己还一无所知。无论喜欢还是不喜欢，故事都会考验他们。激发事件会打破平静，让一切开始。一般来说，激发事件有两种基本类型：人物驱动和"巧合"。一起来看看吧。

人物驱动的激发事件

人物驱动的激发事件发生在主人公身上，或发生在他们与其他人物的互动之中。你的主人公可能会意识到，自己必须做点什么，或是其他人会劝他们做点什么，来改变或改善一下生活。这样的激发事件鼓励主人公有目的地做出积极选择。

奉俊昊和韩进元共同编剧的《寄生虫》(*Parasite*, 2019)，主人公实际上是由贫困窘迫的金家所有人共同承担的。故事刚刚开始的时候，一个叫敏赫的朋友向儿子金基宇建议，自己出国旅行期间，由基宇代他辅导一个有钱人家的女孩。因为这个很平常的建议，基宇全家都加入了欺骗富人雇主的行动。情节就此展开，或者说是螺旋式上升。在这种情况下，激发事件就是由人物驱动的，因为敏赫知道基宇缺钱，也干得了家教的工作。他是在帮朋友的忙。

在《世界尽头》(*The World's End*, 2013) 的开场，盖瑞讲述了一个史诗般的故事，他毕业时和朋友们一起串酒吧[1]——尽管那次根本没完成。他承认，那是他生命中最美好的夜晚。我们切入到中年盖瑞——一个戒酒协会的失败者，我们看到，他还在不停地在向大家讲述这个故事。有人问他是不是希望自己完成了那次串酒吧的壮举——他是不是希望自己到达了"世界尽头"，也就是名单上最后那一家酒吧。盖瑞否认，但我们察觉到了他的表情，他动心了。他要和老朋友们再次相聚，完成这件壮举，那会让一切烦恼烟消云散，不是吗？

巧合的激发事件

在恰巧发生的激发事件里，我们的主人公正按部就班地过日子，一些不寻常的事就找上门来。事情本来和他们无关，但为了解决麻烦，他们不得不做出一些选择，这最终还是触及了他们自身的问题和欲望的核心。

希区柯克（Alfred Hitchcock）导演的惊悚片《西北偏北》（*North by Northwest*，1959）里，编剧恩斯特·莱赫曼（Ernest Lehman）写了这样一个开场，广告主管罗杰被错认成另一个人。这个小误会让罗杰身处险境，开始了一场冒险之旅，因为他被那个人的敌人盯上了。罗杰是巧合的受害者，他不过是在错误的时间出现在了错误的地点，希区柯克就爱这么干。

---

[1] 串酒吧（pub crawl），国外流行的逛酒吧活动，指一晚上去许多家酒吧，而且在每一家都要喝点酒。该片中提及的串酒吧"壮举"是一晚上连续去12家酒吧喝酒。

各种各样的激发事件中，有这么一种类型，我们可以称之为神秘的或难以捉摸的激发事件。这类事件发生的动因暧昧不清，或者观众会有各自的理解。事情发生时，不管我们是否了解原因，都会期待着真相浮出水面。一般来说，这些难以捉摸的激发事件，最后仍然会解释为人物驱动或巧合。有个很好的例子，《异形》（*Alien*，1979）中，宇航员醒过来，因为飞船收到了一个求救信号，他们必须前往调查。于是他们登上了被遗弃的太空船。后来，他们意识到那个求救信号可能是一个警告。再后来，雷普利准尉发现，那艘太空船之所以改变了航向，是为了调查一种生命形式，并收集样本，那种生命形式也就是片名里说的"异形"。

从这些例子中你可以看到，激发事件推动着目标驱动型主人公采取行动。行动则体现为故事和情节，也会通过主人公和其他人物的关系表现出来。

风平浪静，一帆风顺

如果你的电影里确实一点因果关系也没有，那就已经超出本书讨论范围了。你是一名实验性的电影创作者，我期待你的作品：请活出真我。不过，几乎每一部涉及叙事的电影，都会包含一个某种类型的激发事件。有一些非常不明显，但归根结底，不管你怎么定义电影中的"故事"，它总要有开头和结尾。

你不用非要让外星人光临你家的后院，也不用让你的主人公看到梦中情人在俗套的慢镜头中走来。但是，没有开头，就没有电影。这是个普遍的经验法则：只要你的电影里有任何形式的因果关系，就必然存在一个初始原因。

有时候，非常规的激发事件甚至可能发生在银幕之外，或在电影开始之前。杜普拉斯（Duplass）兄弟的小成本公路片《肥大的椅子》（*The Puffy Chair*，2005）里，一则椅子广告让乔希想起了父亲从前的一把椅子。他决定买下这把椅子当作一份生日礼物，开车带到亚特兰大。这个计划在电影开始前就已经有了。我们从中间进入故事，乔希和女朋友艾米莉正在讨论这趟旅行。艾米莉想一起去，但乔希不想她去。事件升级，他们俩吵了起来，然后艾米莉离开了。第二天早上，乔希出现在艾米莉家门口，告诉她他爱她，他希望和她一起去旅行。他们上路了，故事讲的是两人的关系。

当然，你可以说两人的争论才是激发事件——毕竟是由于这一戏剧性事件，艾米莉才踏上了这次旅程。不过，电影明确地在争论中交代了最初的计划，这一点我们可以从他们的谈话中知道。这就好比，我们从第二个节拍进入了电影。我们已经有了激发事件，现在进入了论争节拍阶段。我们需要把事情都交代得一清二楚吗？不需要。

多线情节的电影，通常会有一个影响所有情节线的激发事件（如果是多个主题的事件分别启动各自的情节线，激发事件也可能是多个）。举个例子，《真爱至上》的开场是人们在希思罗机场到达大厅互相问候的场景。我们听到大卫的画外音，他在谈论"爱无处不在"，这就奠定了电影的主题。

然后，我们逐一认识了其他人物，发现他们都在用这样或那样的方式处理爱情问题。他们的情节线可以相互独立地自由展开，因为我们已经知道该如何理解这部电影。

> **你真的有时间"钓到"他们吗**
>
> 你写的东西越不"好莱坞"，就越不用关心这个问题。如果你在电视台工作，也不用考虑，越来越多节目允许"慢热"。但反之，如果你要拍一部高预算的好莱坞类型片，可能就得靠10页左右的东西来抓住读者。
>
> 为什么我们首先要"钓到"他们？电影公司的现实情况也回答了这个问题。如果你不能让经纪人或制片人读到剧本的第10页，他们可能就搁下不读了。如果你是一线作家，还和经纪人有私交，他们可能会继续读。但是，如果你提交的剧本要经过初步评估，那么就要尽快吸引住读者——假如你想在评估报告上得到至关重要的评级："考虑"。①

节奏与当今媒体

媒体融合对创意编剧写作的影响，也体现在节奏的问

---

① 见前文"好莱坞行话"章节。——编者注

题上。20世纪70年代以来，类型电影的故事节奏越来越快了。而这之前的类型电影，第一幕可以比较慢热地建立冲突和交代背景。

现在，通常的做法是开场一声巨响——有时真的就是一个巨大的响声，然后再向前发展。如果你对比一下《鬼驱人》（*Poltergeist*）1982年版和2015年的翻拍版，这一点就再明显不过了。原版中，第一幕比较缓慢，因为我们要了解和关心这个将会闹鬼的家庭。相比之下，2015年的翻拍版里，第一个晚上房子里就出了怪事。

也有例外情况，2016年的《降临》（*Arrival*）在第一幕开始安排了一个重大推动事件：外星飞船来访地球。但接下来，随着与外星人沟通的科研项目展开，事情进展相对慢了下来。当然了，《降临》的自我定位是一部严肃的科幻片，而不是一部大预算的剥削电影（exploitation movie）[1]。不管怎么说，当代好莱坞类型片的故事节奏是越来越快了，且还在加速。

值得一提的是，人物主导的剧情片和冲着奥斯卡小金人去的作品不那么狂热追求节奏。但即便如此，许多作品的节奏也相当明快。格蕾塔·葛韦格（Greta Gerwig）改编并执导的《小妇人》（*Little Women*，2019）是过去几年我

---

[1] 剥削电影是指以促销为目的的电影类型，剥削本是经济学名词，用在电影行业里，表示电影用特定敏感题材进行促销，如特效、性爱、暴力、亚文化、明星等，这可以看作对观众的一种剥削。这类电影常常成本较低，质量粗糙，在20世纪六七十年代盛行于欧美。

最喜欢的电影之一，它的场景快速凌厉，表演充满活力。这种节奏感觉很自然，因为人物聪明睿智，带我们融入了那种敏锐精确、洞察力十足的故事节奏。

什么是情节弧

情节弧（plot arc）类似于故事弧（story arc），是一条在电影中逐渐展开的持续的叙述线。在电视剧中，它指的是一个特定的故事问题，会花上几集甚至几季来解决——比如一段关系、一项任务等。电视剧《太空堡垒卡拉狄加》（*Battlestar Galactica*，2004—2009）中，主要情节弧是关于人类舰队寻找地球。电影中的情节弧或故事弧可以指主情节，也可以指次要情节。无论哪种方式，都要建立起情节弧，并充分展开，在结尾或临近结尾的地方完成。

情节弧和人物有关时，一般讲述他们在电影中经历的变化或发展。人物一旦做了什么有启示意义的事，观众就会在心里记住他们的改变。在电影结尾，人物发展的弧线在主题中得以完成。这个过程中，最常见的是通过人物关系的变化来说明弧线的发展。

为了让你开动脑筋，我们先重点来看看两种明确简单的故事构思方法。

1. 从情节到人物。
2. 从人物到情节。

从情节到人物

在各种各样的电影里，情节都比人物要重，从《疯狂的麦克斯2》（*Mad Max 2: The Road Warrior*，1981）这样的经典类型片，到《聚焦》（*Spotlight*，2015）这样改编自新闻纪实故事的剧情片。切记，一部电影以情节为主导，并不意味着人物就是单调乏味的，或写得很糟糕。同样道理，也不能说情节主导的电影本来就比人物主导的电影档次要低。

还记得《末日崩塌》（*San Andreas*，2015）吗？就算我们是那群天才演员的粉丝，《末日崩塌》也是一部由情节驱动的灾难片。我敢打赌，这个剧本的开发是从情节入手的，然后才轮到人物。不过，如果我们要讲一则震撼人心的地震寓言，就需要知道幸存者是谁，如何让他们足够有魅力，这样我们才会对他们求生的过程感同身受。无论如何，我们需要的还是一个简单的、关于人的故事——这是让电影各个元素成为一个整体的情感凝聚力。

从人物到情节

从人物到情节构思故事的发展时，我们会从一个有意思的人物入手，为人物构建出情节，探索他们潜在的戏剧性。最典型的例子是传记片。不过，任何类型的电影都能以人物来主导，推动故事的是主人公和对手的个性，以及他们之间的冲突。要举例的话，可以看看慢节奏的吸血鬼电影《生人勿进》（*Let the Right One In*，2008），也可以看看约翰·兰博系列电影的第一部,《第一滴血》(First Blood, 1982),电影花了相当多的篇幅,来展现遭迫害的越战老兵如何用自制的诱杀陷阱对付警方。

如何判断情节的好坏

一个很酷的场景,一组很酷的镜头,和一个很酷的故事,这三者有很大差别。你可以想象一部这样的灾难片:摩天大楼轰然倒塌,汽车开进了地表迸裂的缝隙。什么能维持我们的兴趣?答案是令人过目难忘的人物。问问你自己:哪个人物能成为创意的核心?

让我们再努努力,把这个地震灾难电影的概念发展一下。《末日崩塌》把一名救援直升机飞行员作为线索人物,这很巧妙,因为他有救援技能,有可以穿越废墟的交通工具,想去哪就去哪。但如果我们没有直升机呢?如果你是编剧,你的工作就是思考其他讲述加州地震故事的方法。你可以用人物来填充故事概念,检验一下是否行得通。

说回到我们的《末日崩塌》电影。我们被困在了一列地铁里。你可以拍成一部幸存者的群像电影。地铁里的人可能是不同种族、性别、年龄,他们的经济状况也不一样,因为无论什么人都不喜欢堵车,都可能会坐地铁。不过,列车是往东还是往西——是开往旧金山还是驶向东湾?你的故事开始时是几点几分?这可能影响到列车上的某一位乘客。你的电影混合了不同类型吗?列车上有罪犯吗?有一只怪物?一名连环杀手?或者这只是个很单纯的逃生故事,交通一开始瘫痪，就设置一个倒计时？以上选项都可以，但每一种可能会有不同的人物，故事的重点也不尽相同。

假设这是一个生存故事，你的主人公可能是个小女孩，她很聪明、胆子大，身材小巧，能从压坏的车厢缝隙中钻出去求助，找人来营救自己和车厢里受伤的大人。也许，根据她的体型和经验，你可以降低威胁指数。对一个九岁的孩子来说，一只大个儿的老鼠都显得非常恐怖，要是来一群那就更别提多吓人了。其他乘客钻不出去，都指望着她试试。她妈妈受伤昏迷，也帮不上什么忙。于是，我们幼小的女主角只能靠自己了。

或者，还有一种可能，她是个离家出走的少女。也许在城市街区改造中，他们一家人失去了房子，住在车里，过着居无定所的日子。这样一个女孩，不可能会信任地铁里那些吵闹烦人的程序员。

接下来你可以问自己：怎样才能把一个老掉牙的情节套路写得新颖有趣？要在被困的列车车厢里上演阶级斗争吗？这个问题让我们想到，要有强有力的角色，还要有转折。到最后，与情节、次要情节及人物相关的问题，会把你带回到主题上。主题让故事中所有的人和事聚焦起来，你需要通过主题把不同的创意线合并到一起。

情节和副情节

为了一目了然和沟通方便，好莱坞剧本写作中的关键情节或故事线索，都有明显的字母标注。最主要的两个标注，是"A 故事"和"B 故事"（尽管你的剧本可能会有两条以上的支线）。这两个术语各有特定含义，它们都是围绕着你的故事主题展开的。下面我们来看一看。

A 故事

在好莱坞电影中，A 故事永远是主线情节。具体来说，在情节线中，A 故事要处理的是主人公想要什么，是关于表面动机和实际成果的——"我需要做某件事"。

例如，浪漫喜剧里，A 故事是核心的浪漫关系。女孩遇见女孩，男孩遇见男孩，任何人遇见任何人，在任何情况下，这些疯狂的孩子都要浪漫起来。在 A 故事中，一个问题出现了，主人公必须努力解决：一个女孩遇见另一个女孩，但后者是个修女，或者已婚，又或者是个外星人。一个男孩遇见另一个男孩，但他却高攀不起，或者那男孩是个连环杀手，也或者另有隐情。如果一切来得都太容易，那就算不上一个故事。A 故事讲的是感情——我们的女主角确实喜欢另一个女孩——但它更关注的是，感情关系面临的现实挑战是什么。

在好莱坞电影中，情节要解决的问题与整个故事要解决的问题是平行的。你的主人公必须解决内在冲突和挑战，或满足一种需求，这样才能解决 A 故事情节线中的问题。人物会因此自我反思，或经受考验，进而发生转变。正如我们已经指出过的，银幕上是看不到内在冲突的，所以它必须通过外部行为，以及和其他人物的关系来表现。这就进入了 B 故事。

B 故事

我们把关键的人物关系称为 B 故事，在这种人物关系中，可以体会到主人公的想法和感受。

B 故事的关系可以是朋友关系、家庭关系，或者师徒关系。不过，最常见的 B 故事是一个浪漫的次要情节——但这和前面说的那种浪漫喜剧主导情节不一样。为什么需要 B 故事？我问你，你会跟谁说心里话呢？我猜你的答案可能是朋友、家人、咨询师或爱人。在他们面前你最能打开心扉，敢于袒露弱点，他们是你最信任的人。

在剧本的第二幕，B 故事发挥出最强有力的作用——这一幕事关人物的转变。我们的主人公与 B 故事中的人物频繁联系，我们因此了解到他们的感受，以及他们正在如何解决内在的冲突。一般来说，B 故事中的人物会想尽办法积极地帮助他们。

第二幕结尾，B 故事得以完成。这时，B 故事中的人物帮主人公制订了他们将在第三幕中执行的计划。第三幕这个计划一旦执行，A 故事就得以完成。（你可以把这个过程画出来。）记住一点，B 故事中的人物可能会在第一、第二和第三幕中都出现,但他们在 B 故事的人物关系中发挥作用,主要是集中在第二幕。

其他情况

在你的电影里，任何其他情节线和人物关系都可以用一个字母来标识，但这没什么意义。只有 A 和 B（也许还有 C，见下文）有特殊含义。务必记住，写好次要情节非常重要，因为它会对你的主线故事产生影响、提供支撑，并形成呼应。次要情节丰富了你的剧本，可以向我们传递出 A 故事无暇顾及的层次和深度。

有些编剧使用"C 故事"的标识来指代主人公的人物弧线。这种情况下，如果 A 故事是情节，B 故事是情感关系，那么 C 故事就是我们看到主人公发生转变和有所发展的地方。但这并不是一个普遍模式，许多编剧只在 A 故事和 B 故事上下功夫，而 C 故事不过就是一条普通的次情节线。

突围明星
迪亚波罗·科蒂谈创意

这一章我们思考的是创意从何而来，以及如何约束它们。编剧迪亚波罗·科蒂（Diablo Cody）凭借《朱诺》（Juno, 2007）获得了奥斯卡奖，在2011年接受电影网站 Collider 采访时，她谈了自己的许多想法，尽管有偏见，但它们都源自个人经验：

"我写的东西都是带有超现实感的自传，就像你做了一个梦，你去看医生，转身一看，却发现那其实是小时候的家，医生变成了演员瑞安·雷诺兹（Ryan Reynolds）。你明白我的意思吧？梦源自你最真实的生活，但它们彻头彻尾是混乱的，很有创意，很奇怪。我写的东西并非严格意义上的自传，但它是我个人的——如果可以这么说的话。这些想法源自我生活中那些不起眼的事和人，然后发生了扭曲变形。"

> **电视剧的情节线**
>
> 　　在电视剧剧本中，这些字母的含义有所不同。A 故事是剧集的主线情节，场景最多，篇幅也最长。B 故事通常用来讲与主线平行的配角情节，或者是主角的情感故事线，与 A 故事同时推进。占用的篇幅仅次于 A 故事。
>
> 　　其他字母用来代表所谓的"扣子"（runner），有时是个处于发展中的情节，将这一集和其他部分关联起来，到了后面会交代清楚；有时也指这一集过渡到下一集的衔接段落。在电视喜剧中，反复出现的插科打诨可能用 C 故事来表示。
>
> 　　虽然基本模型是这样，但不同的电视节目，可能用这些情节线达成不同目的。比如说，有的节目可以用 A 故事来表现戏剧冲突，用 B 故事来传达喜剧效果。但一般说来，无论如何使用，A 故事和 B 的故事都会相互影响。

主题的作用

　　大致来说，几乎所有电影都是主题引导的。主题驱动人物、故事和情节。如果缺少一以贯之的主题，你的故事就会毫无章法，散漫地发展，到最后满足不了观众。我们看电影的时候，并不总会意识到故事的主题，尤其有些主题很隐晦，也没有重点的结构标识做出说明——但是，主题总是存在的。

当然，也有一些电影在主题方面大做文章。《成事在人》（Invictus，2009），这部讲南非赢得橄榄球世界杯的电影，其主题显然是宽恕与和解。《勇敢的心》（Braveheart，1995）里展现了很多东西，包括复仇、乱蓬蓬的发型和涂成蓝色的脸，但你可能记得它是关于"自由"的。我们知道这个主题，是因为梅尔·吉布森在不厌其烦地提醒我们（用高声呐喊）。

主题推动你的故事，故事形成你的剧本。无论你的电影遵循的是哪种结构套路，都要由主题来指明方向。在你着手发展故事时，需要考虑下面几个重要的问题。

——你的主人公想要什么？

——他们在和什么做斗争？

——你的主题是爱情、背叛、忠诚、成长、友谊、复仇、生存吗？

以上所有的主题，还有更多其他的主题都非常好，因为它们能推动你的人物做出积极选择，促使他们采取行动，让故事向前发展。要记住，电影讲的是谈恋爱，并不意味着它的主题就得是爱情，还可以是勇气、自由、苦闷或忧伤。在本章的后半部分，我们会围绕主题做一个讲故事的能力训练。

主题还会让人物表达态度和看法。如果你的主题是爱，那么问问自己，关于爱，我的主人公在开始和结束时分别是什么态度？如果其态度发生了变化，故事的旅程是如何改变他们的？如果主人公对爱抱有某种态度，你就可以用其他态度来安排故事，紧张和冲突就出来了。换句话说，与主题相关的态度驱动着你的故事。

如果你的主人公很天真，相信一见钟情，而他们最好的朋友比较玩世不恭，那么人物互动就可能很有意思了。你可以由此展开：他们各自的爱人是何种态度？爱人最好的朋友呢？仅仅在这四个人物的互动和他们对爱情的态度上，就包含整个剧本的价值。这可以引出与主题相关的更大问题或困境：故事里的恋人是彼此最大的敌人吗？他们的故事真是关于朋友之间的爱情吗？写作过程中，明确地为自己勾勒出主题会很有用，让主题告诉你该往哪儿走。你不会想先写个剧本出来，然后再去寻找主题。

甜蜜点[①]

主题一旦确定，就不会改变。再说一遍：你的主题永远不会变，变的是你对待它的态度。

你的故事可能会涉及许多想法或事件，但清晰的主题只有一个。这个主题会让你不要花招，有条有理地组织内容，直到把剧本写完。如果你的主题变了，你就是在写另一个不同的故事了。出现这种情况，会让你的观众感到困惑和

[①] 原文为Sweet Point，一般用作高尔夫球、棒球等球类运动的术语。指球杆或球棒的最佳击球位置，能打出最漂亮的一击。本书作者以此比喻主题在剧本写作中的意义。

不满。同样，过于笼统或被动的主题也没什么好处。你必须问自己："怎么才能推动这个主题？"什么时候能很好地回答这个问题，说明你可能找到了行之有效的主题。

关于一个人物，可以讲许多故事，但这次你要讲的是他们如何坠入爱河——或者如何处理背叛、成长等问题。同样，故事开始时你的主人公可能纯真无邪，亲身经历了一段现实的感情后，渐渐变得愤世嫉俗，或者他们一开始立誓单身，却渐渐发现自己冰冷的心已然被真爱融化。一旦你理解了人物目标和电影主题，要解决的就是，如何引领读者从前提走向结论，畅享一段既合情合理又乐趣十足的旅程。

常见的主题

在你的故事发展中，我们迄今为止所讨论的一切，都汇集到了主题之上。我们要做的是整合激发事件、A故事、B故事和其他次要情节，来阐明主题。然后，你故事的每个部分都会朝着同一个方向发展，哪怕你的人物是个执拗的叛逆者。我们之所以按这个顺序讨论，是因为无视激发事件和情节线空谈主题，其意义就无从表现。

与其抽象地谈论主题，不如让我们用一个假想故事来检验常见的电影主题，并动手操练一下。我想到了一个简单的科幻概念，可以作为不同主题的检验平台，但也要记住，每个示例都不过是主题驱动故事的多种方式之一。

务必要记住，虽然每个电影故事都有一个首要的主题——一个让你老老实实讲故事的主题，但那不一定是你故事唯一的主题。一部电影可以同时探讨成长和爱情吗？可以，但其中只有一个主题来推动故事发展。同样，多个主题也可能是重叠的。

下面是我们要处理的情况：小吉米·奥图尔是费城郊区的一个中学生。他母亲已经去世，只有一个为生活苦苦挣扎的单亲父亲。吉米行为古怪。一天晚上，吉米和朋友玩完单车回到家，在后院发现父亲正被带上一艘太空船。吉米偷偷登上了这艘外星太空船，决心营救父亲，却发现这并不是一次外星人绑架事件。父亲和太空船的船长在谈恋爱，他要离开地球——至少是暂时离开——去星际冒险。这是一出浪漫戏，也可能是其他类型。现在，让我们用不同的主题来发挥这个简单的创意。每个主题都能使我们的视角发生一些变化，甚至提供一些情节的灵感。

成长

小吉米正在渐渐长大成人，也面临着各种各样的挑战。他要学会接受一个事实：他的父亲也理应有自己的生活和幸福。这个过程中，他也随之成长，为迎接自己的爱情做好了准备。

爱情

吉米的父亲和船长闪妮（船长可谓是"玉树临风"，跟上我的节奏）是真心相爱的。他们最终会向吉米坦白，但此时却深陷情网无法自拔。让吉米理解这种感情，需要时间。原谅父亲则需要更多时间。不过，船长可爱的侄女也在船上。或许，她可以教会吉米如何在太空里约会——所以说，塞翁失马，焉知非福。

牺牲

吉米犯了一个可怕的错误。他一直是个自私的"熊孩子"。渐渐地，他理解了父亲为自己做出的牺牲，并决定也要为父亲做些什么。只要父亲能幸福，他什么都肯做。确实，父亲已经鳏居多年了，不过，母亲是否也以某种方式为父子俩牺牲了自己呢？

执着

吉米的确是个"熊孩子"，但他是个坚强的"熊孩子"。他意识到，自己让父亲十分失望，要不惜一切代价来弥补。这部电影将对他进行终极考验。故事的开头，吉米就开始改变了，只要他能做到——好运自然会跟着到来。

家庭

家庭是一个包罗万象的主题，可容纳故事的大部分内容。其中的关键在于，吉米一开始并不重视家庭——母亲死了，这个家已经不成样子，只有傻瓜才会在其中浪费感情。不过，也许奥图尔家族将来会有一个新的家庭——太空船上不搭调的外星船员不也正是一种家庭吗？一个家可以是什么，应该是什么——吉米改变了自己的看法。随着故事的发展，他认识到了家庭的价值。

友谊

太空船船长闪妮一定是个反派，因为她想把吉米的父亲带走，让父亲背叛对吉米母亲的记忆。但其实她并不是一个坏人，等吉米最终接受了这一点，他们还要携手踏上冒险之旅。这个主题里有这样一种含义：吉米渐渐把父亲作为一个"人"看待。这是个非同寻常的想法：你的父亲不只是父亲，也许还可以是你的好朋友。

复仇

吉米发现，原来他的家族不是地球人，而是从一个邪恶的太空大反派手里逃出来的难民，这个大反派杀死了母亲。现在，吉米要踏上复仇之路，只有父亲能帮助他走出迷途。

正义

和上一个主题类似，不过在这里，复仇要改成把反派绳之以法。

突围明星
乔丹·皮尔谈主题

乔丹·皮尔（Jordan Peele）是《我们》（*Us*, 2019）和《逃出绝命镇》（*Get Out*, 2017）的编剧及导演，后者为他赢得了奥斯卡最佳原创剧本奖。下面是他对自己电影主题内涵提出的见解——尤其是关于那些面向黑人观众的惊悚片。主题表达创作者性格，但它也试图唤起某种特殊的认同感，正如他向电影网站 Slash Film 所说的：

"就电影视觉表达而言，其中一个主题是忽视，说的是那些我们抛在脑后的东西。这部电影很讽刺的地方是——黑暗的房间里，现实正在我们面前的银幕上发生着，你可以喊，可以叫，或者大声疾呼，但你改变不了银幕中那个世界发生的事。我认为这很有力。就我而言这是个隐喻，别的不说，恐怖片是黑人非常钟爱的一种类型，但这个类型缺少对黑人以及黑人视角的表现。当然，你知道有那么一种刻板印象——在黑人戏院里，你会见到黑人观众大喊大叫：滚出去！一边去！婊子，快报警！在我看来，这

> 部电影实质上是表现深渊之地（the sunken place）[①]的一种形式。这是在反对和消除边缘化。当然，这仅仅是其中一点，还有很多层面可以展开探讨。"

高潮，以及其他选择

在三幕范式中，电影的高潮部分揭示主题。爱情开花结果。善恶有报，邪不压正。我们从此过上了幸福的生活，崇高的牺牲和英勇的意志感染了我们——如果那不是一部仅仅赚人眼泪的煽情片。至少主流电影是这样运作的。如果一切圆满结束，就是个"正能量结尾"。如果一切走向了悲剧，那就是个"负能量结尾"。现实生活从来不会如此，但在电影里，你需要的就是一个救赎般的好莱坞结局。

要想确定高潮是否与目标驱动的主人公匹配，可以回答以下问题：

1. 反面人物是否有效地与电影的主题形成对抗，他们的失败是否也明确地表达了主题？

2. 在击败对手和表现主题的过程中，主人公是否做了一些在第一幕中无力完成的事？换句话说，他们是否有所发展和改变？

[①] 原文"the sunken place"字面意思是沉没塌陷的地方。《逃出绝命镇》的主角黑人小伙克里斯遭到白人反派的催眠，感觉自己向下陷入了一个黑暗的无底深渊，电影中用sunken place来表示，而电影在主题上表现了白人主导的社会里，黑人的生存境况——如处于深渊，遭到忽视，受到压迫。

3. 高潮是否既完结了情节线，同时对整个电影故事做出了交代？

在《小妇人》的结尾，乔·玛奇签订了自己作品的出版协议。她在谈判中获得了优厚的版税，并保留了版权，确保创作付出的努力获得持续的收入，这展现了她的聪慧和决心。她还继承了姨妈的房子，办了一所学校，为姐妹提供了有收入的工作。

这个结局清晰地揭示了独立自主的主题，这是玛奇姐妹，特别是乔，在整个故事中一直努力追求的。更要说明的是，它揭示了编剧兼导演格蕾塔·葛韦格借人物提出的核心问题：真正想要独立自主的女性，需要什么样的经济条件？乔争取到了自己的经济自由，但为了这份自由，她不得不修改了自己作品的结局。她认为牺牲是值得的，这也让结局具有了合理的现实主义色彩。

这个结局也解决了电影中对抗力量的挑战，我把它描述为经济依赖性。它以各种方式威胁着玛奇一家人，体现在一系列的人物身上。随着乔的成功，他们最终摆脱了它。

远离主流结局

我们越是远离主流，故事的结局就可能会越丰富、偶然、矛盾，或者说会更"现实"。记住，一部电影的高潮，可能在故事和情节上表现出不同结果。例如，世界可能获得了拯救，但我们的主人公可能为拯救世界而受尽了磨难。

来看看莱恩·约翰逊（Rian Johnson）的《追凶》（Brick，2005）如何写出别出心裁且内涵丰富的结局。这是一部非常厉害的高中校园背景硬派侦探片。在这部片子里，一个名叫布兰登的外地高中生发现了前女友的尸体，决定找到凶手。他做到了。故事最后，可以说他算是把杀害前女友的男孩，以及背后操控的那个女孩（反面人物和蛇蝎美人）都绳之以法了。但是，布兰登在调查过程中付出了惨痛的代价。他多次被痛打，受了内伤，还在最亲近的人身上发现了极其丑陋的真相。

最后，我们可以说布兰登在情节上取得了成功——一个伸张了正义的正面结局。但由于付出了巨大代价，故事也有一个负面结局。布兰登的身心多少有些崩溃，他肯定不会再和从前一样了。结局很复杂，我们的情绪可能也很纠结。可以说，根据某种现实主义的定义，《追凶》的结局比很多好莱坞结局更加"现实"。

闭门写作
激发事件练习

针对这个练习，我们要提出一个重要问题：什么样的激发事件对你的主题最有效？

还记得小吉米父子间的紧张关系吗？好，让我们来想两种这个故事可能的展开方式。当然，选择有很多，每个迭代更新的激发事件，我们都会进行版本说明。

人物驱动模式

我们以小吉米骑着单车和小伙伴出去玩开场（这是经典开场，你懂的）。这时候，吉米的父亲正在打扫房子。我们跟随着他，了解到他是个鳏夫（比如利用照片之类的）。

切回去。吉米玩单车玩得很开心，花样百出，惊心动魄。这些都是动态场景。一个轰轰烈烈的开场。

快速场景。父亲还在打扫。吉米的房间很乱。屋里都是吉米充满怒火的证据：他的音乐品味，他可怕的艺术品……

孩子们口渴了，来到吉米家搜刮冰箱。吉米的父亲试图表现得很友好，但没人搭理他。他请求他们："请不要留下什么东西……"——他们留下了一个烂摊子。父亲又回到一个人的状态，面对一片狼藉，心情很郁闷。夜幕降临。吉米骑车回家的时候，街区的灯光亮起来。吉米和父亲默默地吃晚饭。吉米上床睡觉。他戴着耳机听朋克。听着听着他就睡着了。父亲看电视。父亲抓起遥控器，按上面的按钮。只是，那东西看起来不像我们见过的任何一种遥控器。吉米被外面的灯光和噪声惊醒。他走到窗前，发现院子里停着一艘宇宙飞船。

巧合驱动模式

我们的开场是吉米和小伙伴骑单车出去玩（还是那个经典开场，你懂的）。吉米玩得很开心，花样百出，惊心动魄。动态动作场景。吉米的朋友对他危险的玩法感到担心。天快黑了。大家一个接一个地回家了，最后剩下吉米和他最好的朋友赛斯。赛斯说："我得走了。我爸妈会担心的。"吉米："随你便，谁在乎呢？"吉米一直待在黑暗的街道上，玩着一些小把戏，直到什么也看不见。他摔倒了，擦破了膝盖。没有掉眼泪，他是个坚强的小孩。在回家的路上，他发现了噪声和灯光。院子里有一艘宇宙飞船。吉米飞快地蹬车，来到飞船跟前，看见舱口父亲的身影。父亲也看到了吉米。吉米叫道："爸爸！"

看出差别了吗？当然，你可以喜欢我的开场，也可以不喜欢，但是，根据我们对父亲了解的程度不同，呈现会非常不一样。第一个版本中，我们理解父亲的挫败感，后来发现他准备离开，就显得很合理——哪怕只是去和船长闪妮度过一个普通的约会夜晚。我们也很快明白，他用"遥控器"是在呼叫船长。在第二个版本中，我们知道吉米有一些问题，但对他父亲一无所知。"绑架"事件的发生，就像一个巧合，而所有精彩的揭示都被留到了后面。

在我们的例子中，哪个更有趣呢？同情父亲，并等待吉米得到线索？还是认同吉米，然后享受意外出现时的震撼？没有简单明了和普遍适用的正确答案，但是，故事对观众的影响会因为你的选择而变得明显不同。这是叙事的一部分——你选择如何讲故事，会影响到读者如何参与到故事里。

做这个练习，只需在你自己的故事中，尝试两种版本的激发事件。写出两个版本的开场，看看你更喜欢哪一个。

> 你不用非要让外星人光临你家的后院,也不用让你的主人公看到梦中情人在俗套的慢镜头中走来。但是,没有开头,就没有电影。这是个普遍的经验法则:只要你的电影里有任何形式的因果关系,就必然存在一个初始原因。

法则 4:

创造你的人物

"英雄"和"主人公"是一回事吗？好吧，答案是肯定的，也是否定的。一般来说，我们把"英雄"这个词与勇敢联系起来。勇敢的方式各种各样，但并不是所有主人公都真的勇敢。

许多主人公，从一开始就和英雄主义没什么关系。正如我们现在已经知道的，传统三幕范式的电影叙事里，中间点包括第二次意义重大的承诺，代表主人公要采取行动了。正是在这个点上，单纯的主人公会转变成英雄。这个时候，主人公已经学到了足够多的东西，或经历了足够多的事情，真正理解了自己的决定意味着什么。尽管知道事情可能会变得非常糟糕，但还是决定朝他们的目标前进，这种勇气可嘉的行为，使他们变成了英雄。

当然，不是所有故事都用同样的方式处理勇敢或英雄主义。它们的共同之处是对目标的承诺。让我们来看一看。

目标驱动的人物

我们可能会认为，追求目标是遵循主题，是一种欲望，或者是一种需求，但无论我们用什么词来描述这种人物，在目标导向型故事里，他们都属于久经考验的目标驱动型英雄。

三幕范式的设计，就是用来讲目标导向型故事的。这种结构其实假定了你会根据目标来发展人物。差不多可以这么定义，目标驱动型的人物是充满活力的，无论看起来有多不可能，也会为了达成目标向前推进。因此，大多数好莱坞故事给人最大的乐趣（也是最不现实的地方）就是，经过三幕故事，目标驱动型的英雄从没用的人或没本事的人，变成了有价值有本事的人。

不是所有故事都会严格用这种方式考验人物。第一幕结束时，柯南（1982年电影《野蛮人柯南》[Conan the Barbarian] 的主人公）已经比我们想象的更厉害了，而电影其余部分考验的是他的意志力和适应能力。同样，在2005年改编的《傲慢与偏见》（Pride & Prejudice，2005）中（虽然已经不是奥斯汀原作了），伊丽莎白并没有发生从失败者到胜利者这种狭义的转变。相反，当达西证明了自己值得她爱，她克服了对达西的负面看法（她的偏见）。这也算是性格的转变，就她的故事而言，这是个意义重大的改变。

人物转变

我们会在下一节讨论电影人物的其他模式。而现在我们要关注的是，写好目标驱动型人物的一个必要前提：确定是什么构成了故事中恰如其分的变化。你的英雄为了实现他们的目标，需要在道德、身体或其他方面有怎样的发展？需要有多大程度的发展？他们发生转变的空间有多大？

每个故事都建立了一个独特的尺度，我们根据这个尺度，来判断人物的发展，到下一章讨论人物变化原型时，我们还会以另一种形式回到这个问题。现在，先当它是个简单的原则，用来帮你给目标驱动型的英雄在故事中确定位置：我们要在一个范围内衡量人物的变化，这个范围的出发点由开场时人物的状况确立，最高点则是他们的故事目标。

目标驱动的主人公在独立电影中也很常见。我们只需调整视野，把他们"微小"的变化放大到应有的比例。例如，你主人公很害羞，没法和女孩说话，最后却和一个女孩正儿八经地聊了起来。他们没有约会，也许他们连朋友都不是，但他做到了，没有出洋相。他学会了，他搞定了。就他的故事而言，这是极大的进展。他可能没有像约翰·威克[1]那样，一路干掉了一票俄罗斯的黑社会，但我们依然可以把他当作英雄。

---

[1] 系列电影《疾速追杀》（*John Wick*，2014—2019）的主人公，由基努·里维斯（Keanu Reeves）饰演。

典范学习
卡莉·克里谈人物写作

凭借《末路狂花》(*Thelma and Louise*, 1991)获得奥斯卡最佳原创剧本奖的编剧卡莉·克里(Callie Khouri),曾和伟大的编剧老师悉德·菲尔德谈论自己的写作过程。她说,要对你的人物保持开放心态,等着他们对你说话。这种感觉,许多写作者都很熟悉。

"一旦想出了故事情节,对人物有了把握,我就会在早上去院子里,在那儿坐着,试着打开自己的内心,让人物来找我,跟我说话。写作,很多时候要干的就是保持足够的安静,这样你才能听到人物在说话。有时候,我觉得他们来找你,是因为他们知道你正在倾听。你需要的只是闭嘴,然后倾听。不要把自己的想法强加给他们,让他们说自己想说的——这是个难题,我要克服。如果我对一个人物所作所为感到不安,我必须得注意,不要让我自己的不安破坏正在发生的事情。这很可能是我误解了他们。现实中人与人之间就是这样的。"

非传统英雄或非常规的主人公

"非传统英雄"（antihero）[①]是一个相当老套的说法，指有缺陷或不合常规的主人公，他们的道德品行称不上是典范，相对模棱两可，甚至在一些方面非常邪恶。我们可能还是会欣赏他们，因为他们尽管有种种缺陷，但却做了正确的事情，哪怕是出于"错误"的原因。

或者说，我们可能不仰慕、不欣赏他们，但暗地里却希望自己能像他们一样，因为他们很酷，很强大，或者只是因为他们根本不在乎世界怎么看待自己。电影里标志性的非传统英雄形象——如《美国精神病人》（*American Psycho*，2000）里的帕特里克·贝特曼，《荒野大镖客》（*A Fistful of Dollars*，1964）中的"乔"（又叫无名氏），《龙纹身的女孩》（*The Girl with the Dragon Tattoo*，2009）里的莉丝贝丝·沙兰德，以及《猛禽小队和哈莉·奎茵》（*Birds of Prey: And the Fantabulous Emancipation of One Harley Quinn*，2020）里的哈莉·奎茵，正是因为他们打破规则，经常无视传统道德，才会令人激动。

不过，可以替代经典好莱坞目标驱动型主人公的，并非只有非传统英雄一种选择。要塑造这些非常规的主人公，我们有两种重要的方式。第一种是回到古希腊时代，不把人物当作是一个人，而是当作一种有戏剧功能的工具。第

[①] 也常被译为"反英雄"。

二种是看看独立、前卫和非主流的编剧及制作人的作品，在他们讲的故事里，人物的动机、目的与典型好莱坞大片很不一样。

我们先说古希腊。亚里士多德在《诗学》中谈到了"人物"，认为人物不如情节重要。悲剧性的行为是戏剧最重要的方面，人物要排在第二位。此外，他描述人物时采用的措辞，严格来说，根本不是在说一个"人"。全面讨论亚里士多德的观点，不在本书范围之内，不过，让我们来看看其中几个重要的原则，便于你从不同角度了解什么是人物，以及人物如何发挥作用。

主人公的转换

J.J. 墨菲（J.J.Murphy）在他的《独立电影剧本怎么搞》（*Me and You and Memento and Fargo: How Independent Screenplays Work*）这本书里，以科恩兄弟《冰血暴》（*Fargo*，1996）中的杰瑞和玛吉为例，讨论了如何转换主人公这个难题。《冰血暴》是一部多线情节电影，这种故事策略在20世纪90年代独立电影制作里比较常见。在电影里，杰瑞玩赎金把戏和玛吉警官查谋杀案两条线来回地切换。一些影迷认为这是一部二重奏电影，但墨菲准确地指出了我们花在杰瑞和玛吉身上的时长，以及他们各自的情节所承担的故事分量。这部电影之所以好看，正是因为他们是各自情节线的主人公——换句话说，主人公从这一个转换到了另一个。电影转换主人公，非常少见。

亚里士多德的人物

亚里士多德谈到人物或人物性格，使用了希腊语"ethos"这个词。"Ethos"一般翻译成道德品质（moral character），与之相对应的是"dianoia"，即逻辑思维过程。在《诗学》中，亚里士多德使用"ethos"这个词来表示戏剧中发生变化的关键动机。重要的是"ethos"如何推动人物采取了行动。

"Praxis"是另一个希腊语词汇，指的是一个人的行为或行动。别忘了，亚里士多德认为行动比人物更重要，所以说"praxis"比"ethos"更重要。一些有影响力的编剧和老师都遵循这个原则。编剧写作老师罗伯特·麦基在《故事》里写道，"人物就是行动"，这个观点很有名。编剧大卫·马梅（David Mamet）在他的著作《导演功课》（*On Directing Film*）里表达得更明确，他说压根没有人物这种东西："没有什么人物。人物就是习以为常的行为。"

这个观点很有争议，但也很重要，尤其是我们都知道，电影是视觉媒介。我们无从了解人物的内在，因此我们评判一个人物，得看他们说了什么，更重要的是看他们做了什么。认为人物等同于行为，或认为存在目标驱动型的主人公，这两者并不是非此即彼的。换句话说，任何类型的电影人物，都建立在行为的基础上，这是媒介的根本属性决定的。

戏剧的各个不同层面，都有"行为"在发生。行为可以是推动故事进展的大动作——好莱坞电影中，行为常常表现为暴力场景。另外，行为还表现在一切细微的非语言交流中，以微妙但很重要的方式表现人物。有时候，这要靠表演来完成，但有时也是编剧的重要工作。

　　有个例子，《富贵逼人来》（*Being There*，1979）里彼得·塞勒斯（Peter Sellers）扮演的园丁钱斯，这个人物主要用非语言手段和观众交流。钱斯是个简单而安静的男人，只要他一开口讲话，总会被人误解，因为人人都会按自己的意思去理解他的话——通常是出于政治动机。还有一个例子是哑巴枪手"寂静"（Silence），这个人物出自一部不同寻常的电影，赛尔乔·科尔布奇（Sergio Corbucci）的意大利西部片《伟大的寂静》（*The Great Silence*，1968）。

　　归根结底，所有人物都是由"行为"定义的，包括那些喋喋不休的家伙。毕竟说话也算是一种行为。我们不仅可以通过人物说话的内容理解他们，还可以通过他们说话的方式了解到更多。（在第 10 条法则讨论对话时，我们会进一步探讨这个问题。）

突围明星
诺亚·鲍姆巴赫

诺亚·鲍姆巴赫（Noah Baumbach）是《鱿鱼和鲸》（*The Squid and the Whale*，2005）、《格林伯格》（*Greenberg*，2010）和《婚姻故事》（*Marriage Story*，2019）的编剧和导演。众所周知，他写的人物不按电影的传统套路来，但确实更像是现实中存在的人。接受电影网站 IndieWire 采访时，鲍姆巴对此做了明确的说明。

"我确实觉得这些人物很像世界上存在的人。他们只是比传统的电影人物更令人费解一些。但和真正的人类相比，我觉得他们并不难理解。我很惊讶大家会反应如此强烈。他们的理由是，'怎么可能存在这样的人呢？'但是，他们没有意识到自己是在和其他电影里的人物来作比较，而不是和他们的父母，或者他们自己作比较。"

背景故事（所有主人公的共同点）

"背景故事"（backstory）这个概念，指的是人物的过去。背景故事很重要，因为你写的每个人物在故事开始——至少是一些事情发生之前，都曾经有过一段人生。编剧之所以关注背景故事，是因为人物在每个场景里的当下行动，都会受到过往经历的影响和推动。

这一部分写于加州圣罗莎，在一个美好的二月的早晨。我坐在家里的办公室，听见狗在挠门，它想去散步（它还可以再等等）。我的个人写作风格，形成于一系列刻意的决定——我想尽可能讲得够实用，信息量够大，同时又显得很会扯闲篇儿，很接地气。你觉得效果怎么样？在这个操作过程中，我正在运用我的专业知识、我的经验和个性。我正在有意识地把记忆和技能联系起来，它们是我的一部分，来自我的身份、我做过的事、我看过的电影、写过的文章、做过的咨询，广义地说，来自我知道的一切。例如，刚刚我在写狗的时候，在它还可以"冷静一下"还是"再等等"之间做了个选择。作为一个移居的英国人，我选择了看上去更像英式英语的选项。这也是一个刻意的选择。

不过，我的写作也会产生一些自己难以察觉的影响，但这可能对你有所启发。比如说我使用的字眼、我的措辞、我的（有时是有问题的）句法等等，这些可能透露了我的教育程度、文化背景、性别、阶级，除此之外，毫无疑问还会暴露出很多我意识不到的"破绽"。

这就像故事里的人物。一个人物当下的行为会反映出他们的过去。这种反映是各种大事小事的混合，大到像他们怨恨警察，因为他们经常被拦下来搜身，小到像他们12岁时曾是泰勒·斯威夫特（Taylor Swift）的粉丝，家人却不能理解他。这两件事对故事同等重要吗？不一定。但它们可能都会起到某种作用。

在一般概念里，我们可能会认为，比起小时候因迷恋明星遭到嘲笑，怨恨警察是更重要的事，但我们的故事有可能和警察没什么关系，讲的就是家人之间的关系，谁也无法让我们的主人公忘掉他小时候迷恋的人。在故事里，我们的主人公从来没被家人当回事儿过，就因为他的文化品味跟大家格格不入，现在他要长大成人了，想在家里的事情上有发言权，这就是他的困境。

上面这个例子，提出了关于背景故事的两个关键问题：

1. 写好一个人物，你需要知道些什么？
2. 观众需要了解他们哪些信息，才能进入你的故事？

通常来说，这两个问题有不同的答案，搞清楚答案的方法很多。目前为止，本章的法则要告诉你的是：背景故事非常重要，会影响到你的人物如何与故事主题相互作用。

闭门写作
人物背景故事练习

背景故事不好写。如果你毫无章法，就会迷失在细节里。这个练习的目的是，确保你给人物写的背景故事服务于你的故事，并能充分作用于主题。

首先，为你正在创作的故事想出一个主人公，或者为这个练习想象一个主人公。如果你的故事有多个主人公，选一个就行。（之后你可以给其他人物也写一写。）

作为准备，先回答下面两个问题：

1. 你故事的主题是什么？

2. 为了发展和表现主题，你的主人公在故事中必须做什么？

接下来，根据上面两个问题的答案，回答下面两个关于背景故事的问题：

1. 你主人公的家庭背景如何影响他们的思维方式？

2. 他们能成为故事中的那种人，过往的经历提供了什么准备条件？

回答第二个问题时，要考虑以下几点：他们的职业、过去的恋爱或朋友关系（包括与电影中其他人物的关系）、教育程度、成功或失败的经历、内心的创伤、个性、文化和道德价值观。任何无法直接与故事主题建立有力关联的事情，你都可以不用考虑。

最后，既然你大致了解主人公，知道他们的过去只是一个序幕，那就为其他主要人物写一个不太详细的背景故事——只要他们影响过主人公，或将会在电影里改变主人公的生活。

> 大多数好莱坞故事给人最大的乐趣（也是最不现实的地方）就是，经过三幕故事，目标驱动型的英雄从没用的人或没本事的人，变成了有价值有本事的人。

法则 5：

研究人物原型

截至目前，我们已经讨论过目标驱动型人物——最常见的好莱坞电影人物类型，也谈到了人物要为故事主题服务的理念。

这一章的法则依然关注人物，不过现在，我们要考虑以另一种方式完善你的剧本，即：依照人物在故事中扮演的角色或发挥的作用来考量他们。这就引出了原型（archetypes）的概念。

继续学习，但要慎重

无论你是否打算在写作中使用原型，研究这一技巧都很有价值。文学和电影里，最强大、最受欢迎的人物都包含了原型——比如《杀死一只知更鸟》（*To Kill a Mockingbird*，1962）中的阿提克斯·芬奇、《星球大战》中的天行者卢克、《异形》中的雷普利。就算你觉得用原型的方法塑造人物不适合自己，了解其运作方式也能让你的写作更有条理，还能提供一些灵感。

我们的目的是从技术中学习，而不是被技术束缚。对原型抱有怀疑态度当然非常好，因为原型很容易让你写出刻板的人物。本章末尾有个练习，可以让你保持方向不跑偏，但你也要时刻警惕，意识到自己在做什么。

说到这里，我们来看看最好的编剧老师是怎么使用原型的。接下来，我们要探讨一下原型模式的两种最有影响力的运用形式——一个来自约翰·特鲁比（John Truby），《故事的解剖》（The Anatomy of Story）[1] 的作者，另一个来自克里斯托弗·沃格勒（Christopher Vogler），《作家之旅》（The Writer's Journey）的作者。这二者之间有很多重合之处，也有一些重要的差别。这两本书都很有洞见，很实用，如果你正在写神话、奇幻或科幻故事，沃格勒的《作家之旅》非常适合参考。

什么是原型

当然了，我不是卡尔·荣格（Carl Jung）精神分析理论的专家，不过原型的概念就是建立在这一理论的基础上。从根本上说，荣格认为原型是个体内在的一种遗传心理模式，和"集体无意识"的概念有关：据说，所有的人类共同拥

---

[1] 本书国内出版时书名译为《故事写作大师班》。

有一种无意识结构。按照这种理论，由于集体无意识的存在，我们出生时的个人意识并不是白板一块，每个人的个体身份认同，都会受到心理遗传带来的共同物种材料的影响。

原型是强大的象征符号，先天就嵌入我们的集体无意识中，是全人类共有的。这些象征符号是普遍的，以某种深层次的方式为我们所有人接受。

我们把原型当作一种写作工具，并不一定非得接受荣格的理论。对许多编剧来说，这个概念之所以管用，是因为原型重点考虑的是，一个人在故事世界中发挥着什么关键作用或功能。创造人物时，先给他们一个积极的目标，是非常有效的第一步。比如说一个魔术师（Trickster）①利用聪明才智获取自己想要的东西。或许她能说会道，善于说服别人，或许她是一个满嘴瞎话的骗子（也可能两者都是）。无论是哪一种情况，你都有了一个重要的思路，可以去了解她是怎么做的，是什么驱动了她这么做。

依照这个想法，原型的适用情况非常普遍。举个例子，无论你的人物是日本武士、亚马逊战士，还是美国海军陆战队士兵，武士（Warrior）这一原型都适用。同样，导师（Mentor）的原型包括《指环王》三部曲（*The Lord of the Rings Trilogy*，2001—2003）里的甘道夫、《木偶奇遇记》（*Pinocchio*，1940）里的蟋蟀杰明尼和《红粉联盟》（*A League of Their Own*，1992）里的吉米·杜根，杜根有一句

---

① 此处特指人格原型中的"魔术师"，并非现实世界里的魔术师或骗子。

著名的格言："棒球，从不哭泣。"从跨度如此广泛的例子里就可以看出，用原型塑造人物能激发你的创造力，而不是束缚自己。务必记住：不是所有的导师都像尤达，也不是所有的魔术师都像洛基。①

"角色网络"中的原型

特鲁比提供了两种模式，用来思考故事中所有人物是如何联系起来的。第一种是"角色网络"模式，侧重于人物在故事中的功能；第二种模式则侧重于原型。两种模式相互联系，都非常有用，我们下面讨论的是第二种。

虽然特鲁比的模式是对荣格分类方式的适当调整，但他的原型非常清晰，核心功能也非常直接。你可以阅读本章后面的"典范学习"，了解他关于原型的介绍。根据荣格"阴影"（the shadow）的概念——或称作原型的消极面，特鲁比赋予了每个原型良性或恶性的潜力：国王（King）可能是一个压迫者；母亲（Mother）可能是压抑的，或内疚的；导师可能会过度刻板和说教；武士则可能会鄙视他人和欺凌弱者。这是很有用的提醒，也是摆脱将类型视为静态和套路的第一步。我马上会举几个简单的例子，但你要是想了解得更完整，可以去看他的书。

---

① 尤达是《星球大战》中的角色，是绝地武士团德高望重的大师，具有强大的力量和智慧，以及高尚的品德。洛基是漫威漫画及影视作品中超级反派角色，有许多神奇的能力，喜欢搞恶作剧。该角色源自北欧神话中神明洛基，是谎言与诡计之神。

还有一点需要注意的是，原型不一定非得对应固定的性别。母亲可以是男性，智慧老人（Wise Old Man）可能是女性，或不分性别的人。再说一遍，写作时一定要记住，虽说拥有共同的原型特征，但每一个国王、女王（Queen）或反叛者（Rebel）都是不一样的，各有各的性格。一旦你开始用传统的概念思考问题，一定要保持头脑清醒，不要总想着，一般来说像这种人物应该做什么，而要反过来，把注意力放在你相信这个独一无二的人物在你的故事中会做什么。务必要关注人物独特的细节。再次强调，你的故事主题能帮到你，因为每个人物都必须以某种方式去表现主题。这就界定了他们的目标，也会影响他们在不同原型模式中的具体表现。

下面这个清单，列出了每种原型的例子。

国王或父亲（Father）

国王或父亲是一个明智的领导者或一个暴虐的压迫者。

《黑暗时代》（*Excalibur*，1981）中的亚瑟王，《蜘蛛巢城》（1957）中的鹫津武时。

女王或母亲

女王或母亲是一个无微不至的保护者或一个专横傲慢的压迫者。

《指环王》三部曲中的凯兰崔尔，《伯德小姐》（*Lady Bird*，2017）中的玛丽恩·麦克弗森。

智慧老人或导师

智慧老人或导师是知识的传授者。导师可以像粗暴的老师和足球教练那样,行事非常过分。

《星球大战》系列中的尤达,《欢乐满人间》(*Mary Poppins*,1964)中的玛丽·波平斯。

武士

武士坚持做正确或错误的事情。

《权力的游戏》(*Game of Thrones*,2011—2019)里,塔斯的布蕾妮,《终结者》(*The Terminator*,1984)里的 T800。

魔法师(Magician)或巫师(Shaman)

魔法师或巫师带来平衡,可以控制隐藏的力量或将其摧毁。

简·奥斯汀写的《爱玛》(*Emma*)中的爱玛,《指环王》中的萨鲁曼。

魔术师

魔术师施展诡计骗术,靠伶牙俐齿来达到他们的目标,无论好坏。

《丧尸乐园》(*Zombieland*,2009)中的薇奇塔,《权力的游戏》中的艾莉亚·史塔克。

艺术家（Artist）或小丑（Clown）

艺术家或小丑定义何为卓越，或幽默地进行批判，或创造出刻意的甚至是法西斯式的完美理想。

《女间谍》（*Spy*，2015）中的苏珊·库珀，《生活残骸》（*Trainwreck*，2015）中的艾米。

爱人（Lover）

爱人利用关爱和感官享受使他人快乐，或者支配他人。

莎士比亚（Shakespeare）《罗密欧与朱丽叶》（*Romeo and Juliet*）中的朱丽叶，《羞耻》（*Shame*，2011）中的布兰登。

反叛者（Rebel）

反叛者反对暴虐的制度，或试图推翻好的、民主的或以某种价值观主导的秩序。

《星球大战外传：侠盗一号》（*Rogue One: A Star Wars Story*，2016）中的琴·厄索，《雌雄大盗》（*Bonnie and Clyde*，1967）中的克莱德。

还有一点值得注意，特鲁比认为，利用像原型这样的功能，可以清晰描绘出一个目标驱动型人物在故事中经历的变化弧线。一个人物可能一开始承担一种功能，然后转变成了另一种：莎士比亚的麦克白，在剧中的功能一开始是战士或领袖，是邓肯国王忠实的士兵，在他杀死邓肯篡位做了国王之后，却以暴君的负面形象出现。特鲁比认为，类似的情况还有《卡萨布兰卡》里的里克，从愤世者变成了参与者，《辛德勒的名单》（*Schindler's List*，1993）里的奥斯卡·辛德勒，从成年人（Adult）[①] 变成了领导者，等等。

[①] 特鲁比在《故事的解剖》中举出人物功能的转变，其中一种是从儿童转变为成年人，这里的成年人指的是，年轻人挑战并改变信念，采取新的道德行动，转变为成年人，而非现实意义上的生理成熟。

典范学习
约翰·特鲁比谈原型

以下是约翰·特鲁比关于原型的论述,以及他对原型网络使用不当的风险警告(我完全赞同)。

"原型是一个人内在的基本心理模式,是他在社会中可能扮演的角色,是他与人互动的基本方式。由于原型是所有人类的基本要素,所以它们能跨越文化界限,具有普遍的吸引力。基于原型创造人物,可以让人物很快具有分量,因为每种原型都表达了某种观众认可的基本模式,而这种共通的模式既体现在人物中,也体现在更广泛的群体交流中。原型能让观众产生深刻的共鸣,引起强烈的反应。不过,在创作者的各种技能之中,原型算不上一件利器。如果你不能赋予原型以细节,就会写出脸谱化的人物。"

——约翰·特鲁比:
《故事的解剖:22步成为故事大师》

英雄之旅

沃格勒讲故事的方法，深受神话结构的影响，因此他难免会被原型吸引。《作家之旅》不仅深受荣格的影响，还受到了文学理论家约瑟夫·坎贝尔（Joseph Campbell）的影响。20世纪70年代，乔治·卢卡斯等一批年轻的电影制片人成了坎贝尔《千面英雄》（Hero with a Thousand Faces）的粉丝，之后坎贝尔的思想就在好莱坞产生了不小影响。他在著作中提出了"单一神话"（monomyth）的概念，即不同文化里的英雄故事都包含着共同的结构性隐喻。

沃格勒的书把坎贝尔的著作进行了升级，翻译成了好莱坞编剧的行话，借用了荣格的观点，说神话"就像整个文化的梦，源自集体无意识"。沃格勒的方法有魅力的地方是，他把原型看作是灵活的角色功能。在任何故事中，原型都可以表现为一种具体行为，而不是特定人物恒定不变的、起决定作用的特征。一个人物可能在故事的某个时刻表现得像一名导师，但不一定通篇都要处在导师这种原型的定义和制约之中。

《独领风骚》（Clueless，1995）里，主人公雪儿在高中辩论课上就移民问题做了一场令人难忘的演讲。她把移民问题比作搞砸的聚会，这很荒唐，但很贴切，讲到最后她说了一句真正伟大的台词，提醒同学说，"……自由女神像上没有写RSVP①"。雪儿真的算是一名导师吗？她确实有导师

---

① RSVP是法语词组Répondez s'il vous plaît的缩写，意思是"请回复"或"敬请回复"，常用于西方请柬或邀请函中。电影中，雪儿把移民比作没有回复邀请函却来到聚会的客人，整段演讲词近乎胡言乱语。

的倾向，但作为一个无论见到谁都想给人做月老的女孩，她更像是特鲁比所谓的"爱人"，有点古怪的那种，或者是沃格勒所谓的"英雄"（Hero）。尽管她不算真正的导师，但她疯疯癫癫的导师行为肯定会引起共鸣，因为在故事的这个关节上，她发挥了导师的原型功能。

下面是最常见的沃格勒原型。你会发现，沃格勒的原型与特鲁比的原型是重合的。我使用了《星球大战4：新希望》里的例子，因为这部电影的结构受到了坎贝尔理论的巨大影响。

在之前的《星球大战》三部曲中，有几个人物改变了他们最初的原型，尤其是汉·索罗、达斯·维达和莱亚公主。值得注意的是，之所以选择像守卫者（Threshold Guardian）这样的一些原型概念，是为了符合沃格勒由坎贝尔那儿改编来的神话叙事结构模型中的节拍。

英雄
天行者卢克，他不想仅仅做一个蒸汽农场的农夫。

导师
欧比旺·克诺比，想帮助卢克成为一名绝地武士。

守卫者
小反派和障碍。这种角色有很多，你还记得酒馆里那些讨厌的家伙吗？没错，他们也不喜欢你。

信使（Herald）
R2-D2，带来了莉亚的消息。

变形者（Shapeshifter）
莉亚，因为她扮演着不同的角色，发挥不同的功能。

阴影（Shadow）
达斯·维达，他是卢克世界里的黑暗。

盟友（Ally）
楚巴卡是汉等人的忠实伙伴（偶尔也是批评者）。

魔术师
汉·索罗。问问格里多就知道了。

沃格勒建议，我们既可以把原型看作英雄个性的一面，也可以把它当作一种故事的功能。因为每一种原型都兼有心理功能和戏剧功能。按照沃格勒的说法，英雄的心理功能代表自我（ego）。神话中的英雄旅程，可以解读为对完整性和身份认同的寻求，按心理学的说法，这种寻求的中心就是自我。

英雄还有许多重要的戏剧功能，包括获得观众的认同、学习或成长——英雄是我们进入故事的途径。我们知道，人物转变对于目标驱动的故事来说至关重要：卢克在塔图因蒸汽农场干活干得很没劲，他渴望做一名太空飞行员。我们认同他的渴望，希望他如愿以偿。接着，我们就见到了信使。

对沃格勒来说，信使代表对改变的召唤。在心理学上，这种改变的需要表现为信息传递者——一个梦、一个人，甚至是一个具有特殊意义的物体。从戏剧性的角度看，信使就相当于动机。信使促使主角在故事中行动起来，或者至少警告他们，很快就得干点儿什么了。R2-D2 要把莱亚公主的消息带给欧比旺，被卢克截获，而卢克此时正急于摆脱无聊的生活。卢克要找到欧比旺，把消息送到，这就让他卷入到对抗邪恶帝国的纷争之中，成了关键人物。

普遍适用的恐怖片原型

现在有许多编剧网站，专门为有抱负的创作者服务。这些网站的大部分内容和你预想的一样——也许有点像这本书。不过，有时这些网站会给你带来惊喜，比如作者约翰·布赫（John Bucher）在 LA Screenwriter 网站上发布的这个想法，非常棒。他提供了四个相当具体的原型人物，是专为恐怖片设计的，不过也适用于所有类型的作品。

幽灵（The Ghost）

布赫的幽灵原型是指来自过去的人。幽灵困扰着你的主人公，可能会在错误的时刻让事情变得很棘手。在《暴力史》（*A History of Violence*，2005）中，卡尔像阴魂不散一样，困扰着主人公汤姆。

怪兽（The Monster）

布赫建议的原型中，怪兽是最不新鲜的一种。不过，确实很多电影都可以利用怪物维系冲突发展。就像我们在《驯龙高手》中看到的龙母，怪物往往是障碍，而不是对立面。

吸血鬼（The Vampire）

吸血鬼是寄生生物，它们可以出现在任何类型的电影中。布赫举出了沃尔特·基恩这个绝佳的例子，在《大眼睛》（*Big Eyes*，2014）里，他冒名顶替，把妻子的作品占为己有。

弗兰肯斯坦（The Frankenstein）

弗兰肯斯坦是无辜的或无害的人物，被看作怪物而遭到迫害，就像《杀死一只知更鸟》里的布·拉德利一样。就像布赫写的那样："弗兰肯斯坦原型的意义，在于揭示主人公或其所处社会的问题，而不是弗兰肯斯坦自身的问题。"

闭门写作
原型练习

这个练习写的是原型，而不是公式化的套路人物。从前面几页众多例子中挑一个原型，各用一句话来回答下面四个问题。

1. 我通常期望这个原型能写出什么样的人物？
2. 如何既能让人物在故事中有同样的原型功能，又能独特有趣？
3. 如何处理人物原型能让他们成为强大/有魅力/有意思的角色？
4. 如何处理人物原型可以暗示出他们的弱点？

举个例子，我们可以选择"导师"这个原型，并写出下面四句话：

1. 我希望导师是一个圣贤般的老人，可能一边抚着长长的白胡子，一边提出睿智的建议。
2. 这个人物其实是主人公的姐姐，她教他如何演奏雷蒙斯乐队的贝斯曲谱，这样他就能在偶像的朋克乐队面前试演。
3. 她的音乐技术一流，而且曾在当地待过，所以她有熟人——也有敌人——可以帮助弟弟混进圈子（如果他愿意的话）。

4.她性情傲慢，对任何笨手笨脚的人都没耐心，就算对自己的弟弟也一样。

看到我们做了什么吗？在我动笔写这些句子之前，我不知道这个人物是谁，我甚至不知道她是个女孩。现在，我可以看到这里有大量的故事可能性：我们进入了青少年恋爱和高中朋克乐队的世界，这让老套路变得有趣起来。姐弟的关系会很紧张，但她是最酷的，因此当兄弟姐妹齐心协力，谁知道他们能搞出什么名堂？也许他们成立了自己的乐队，弟弟那个偶像实在令人难忘，她免不了会想到他们。为什么姐姐没玩乐队呢？也许她是一个很棒的贝斯手，但却有表演焦虑症，或者是在和老搭档打了一架后不再碰音乐了。就这样，灵感像蜘蛛网一样地铺展开来。

同样，我们可以选择"吸血鬼"原型，写出下面四句话：

1.这个人物是个可怕的不死生物，一心只想从主人公的血管中吸食生命之血。

2.这个人物是主人公最好的朋友，他总是在借钱，但几乎从来不还。

3.不过，这使他非常有说服力。他总是能让他的朋友打开钱包——啊，所以也许他是一个吸血鬼／魔术师……

4.另一方面，也许这也会让他陷入困境，因为他借钱也会借错人,你要是不还这些人的钱,他们会打折你的腿。

看到原型是如何运作的了吗?这是又一个自动写出来的故事情节,仅仅因为我们创造性地思考了单个人物的原型。是的,这不是世界上最有原创性的想法,但会引出下一个想法,然后再下一个……

现在,如果把上面的人物放进同一部电影里呢?(没错,这有点儿叫人上头。)

我们的主人公——我们叫他"乔伊"吧——是一个有抱负的高中生乐手。他爱慕一个朋克乐队的主唱(克丽丝),想学会弹贝斯追到她(吉他太难了,而且太费时间)。他的姐姐(麦格思)是一个技术高超的贝斯手,而且在圈里混得熟。问题是,麦格思手段严苛,对他展开了非人的训练。同时,他最好的朋友——大家都叫他穷光蛋(Poor Boy),简称 P.B.——是个魅力十足的泼皮无赖。这家伙总是缺钱,缠着我们的主人公借钱。P.B. 欠了很多人的钱,包括反派人物(希利),而希利碰巧经营着镇上唯一的朋克俱乐部。麦格思讨厌希利,因为当年希利欠过她的演出费。希利也讨厌麦格思,因为麦格思当众得罪过他。现在,我们有了一个故事框架。

下面是这部新电影主要人物可能的原型划

分，以及故事中可能出现的选择或转变：

乔伊——爱人/战士

克里斯——国王/爱人

麦格思——导师/女王

穷光蛋——吸血鬼/魔术师

希利——国王

理想情况下，你可以通过这个练习，把你剧本中的人物变得更有深度，或更有原创性，不过也可以把它当作一个抽象思维练习。马上就试试吧。

> 原型是强大的象征符号,先天就嵌入我们的集体无意识中,是全人类共有的。这些象征符号是普遍的,以某种深层次的方式为我们所有人接受。

法则 6：

写下剧情梗概

一旦想清楚了故事的人物和结构，就该把想法写成剧情梗概了。基本材料已经到位，你可以开始施工了（或者说，开始写作了）。

剧情梗概是一个非常简短的陈述，用来概括你的故事概念，并推销你的创意。通常情况下，开会时你要借助剧情梗概来介绍或推销你的电影概念。撰写剧情梗概也是评估自己创意的好方法，在进一步发展之前，进行一番彻底的检验。这一章让我们来写出一个优秀的剧情梗概，并用它来推动和引导你的创作。

简而言之，你得有一个优秀的剧情梗概，才能写出剧本，推销剧本，卖掉你的电影。

什么是剧情梗概

剧情梗概应该是用一句话（一定不要超过两句话）帮

助读者或听众"理解"你电影的概念。在讨论会上，你需要讲出更多东西，但基于剧情梗概展开的一切都应该合情合理，因为梗概符合你已经确立的逻辑。①

下面这个例子是我为一部著名电影编写的剧情梗概。你能猜出是哪一部吗？

"一个失去短期记忆能力的人，在追寻杀妻凶手的过程中，必须找到一种方法记住线索。"

答案是《记忆碎片》（*Memento*，2000），克里斯托弗·诺兰（Christopher Nolan）编剧和导演。如果这不难猜，说明这个剧情梗概是有效的（假定你很熟悉这部电影）。

再来一个：

"一个理想主义的律师，坚持为一个被指控

---

① 本书中"剧情梗概"对应的是"logline"一词，有时候也翻译成"一句话梗概"或"一句话故事"。在谈论好莱坞编剧写作的书和一些行业实操中，有时会把这个概念和"故事前提"（premise）一词混淆使用。两者基本意思很接近，都可以理解成用一句话概述故事，力求简明扼要、有吸引力和想象空间，要有冲突，等等。两者差别主要在于面向的读者不同。剧情梗概更多是面向制片人、出品方及导演等剧本读者，更注重吸引力，提供的是基于市场逻辑的故事概念说明，一般没有细节和剧透。相比之下，故事前提更像是编剧写给自己的创作路标，要有一个包含戏剧冲突和想象空间的故事概念，还要有必要的情节点和细节，它需要让作者知道自己要写的是什么。约翰·特鲁比在《故事的解剖》中说，前提一般要有"开场事件""主要人物的感受"和"包含某种意义的故事结尾"，它是创作展开的起点，也是灵感的来源。

强奸白人女性的无辜黑人男子辩护,尽管这违背了社会的意志。"

答案是哈珀·李(Harper Lee)经典长篇小说改编的电影《杀死一只知更鸟》。

就像你在上面例子中看到的,剧情梗概不会面面俱到地告诉你,电影里都发生了什么。相反,它推销的是核心概念,提供的信息足够你推断还需要什么内容来填充这个概念。你的剧情梗概需要能抓住人心,让他们想知道更多。

剧情梗概为什么重要

一个优秀的剧情梗概,可以让人愿意读你的剧本,让你的电影拍出来。

不管你会如何发展一个故事,都需要简洁而准确地介绍它。这是为你自己着想,也是为将来的制片人和观众着想。写下剧情梗概,是着手梳理想法的一种方式。

在进一步发展故事概念的过程中,剧情梗概会向你提出逻辑问题。"这样的关系或场景是否符合我的剧情梗概?"如果是,那很好。如果不是,那就意味着你需要再加把劲儿琢磨琢磨——或者重新思考你的剧情梗概。如果剧情梗概不太行得通,那么整个故事可能也需要调整。这是个很重要的理念问题,在剧本进入实质开发阶段之前,务必要解决。

剧情梗概不是什么

稍后我们会探讨什么是好的剧情梗概，但在此之前，让我们先把剧情梗概和另一个看似雷同实则不同的概念做一个区分：剧情梗概不等于宣传口号（taglines）。

和剧情梗概不同，宣传口号是电影制作完成后，在海报和广告中使用的营销说明。剧情梗概则是你推销电影概念或吸引人阅读剧本的推介说明。在和制片人、开发主管、经纪人或电影公司经理开会时，你可能会用剧情梗概来开启你的推介。在那很久之后，宣传口号才会出现。

下面是一些著名的宣传口号：

《雌雄大盗》（1967）："他们年轻，他们恋爱，他们杀人。"

《火星人玩转地球》（Mars Attacks!, 1996）："地球不错，归我们了！"

《怪兽电力公司》（Monsters, Inc., 2001）："吓唬你，是为你好。"

《逃出绝命镇》："邀请你≠欢迎你。"

有一些很眼熟，对吧？如果你记住了，说明这些宣传口号很有效。更重要的是，它们让你想知道更多电影内容。总之，这些宣传语是非常漂亮的营销案例。不过，营销不是你的职责所在。你的工作是说服大家先把这部电影拍出来。如果你把剧情梗概搞好了，将来电影上映，市场部会用他们的宣传口号感谢你。

你要写的是剧情梗概，不是宣传口号。

在正式探讨怎么写出优秀的剧情梗概之前，我之所以要强调剧情梗概和宣传口号之间的区别，是因为虽然两者的实际应用如此不同，还是经常会被用混。如果用谷歌搜索"剧情梗概"或"一句话梗概"，你可能会搜出来很多宣传口号。如果你搜到了剧情梗概，那很可能是如何写剧情梗概的示例，而不是哪部现实存在的电影确实用过的。这是因为，电影的剧情梗概一般在推介之后就扔掉了。它是开发过程中无形的一部分，除非你亲自参与或从业界的朋友那儿听来，否则就不会知道这东西。开发完成后，展现给公众的是宣传口号，而不是剧情梗概。

好的剧情梗概要具备什么

还记得前面我们说的吧，剧情梗概是为了推销故事，而不是为了讲述故事。推销的第一步是要明白，如果大家听不懂你的概念，就不会掏钱买它。

创作剧情梗概时，先问自己一个问题："为了理解我的电影概念，人们需要知道什么？"这个问题看起来多此一举，但非常重要。尽可能用一两句话概括你的答案，就能写出一个基本的剧情梗概。

你的答案里可能会有很多内容，但不需要全部写进剧情梗概。下面是一个清单：

- 主人公（们）
- 反面人物（们）
- 类型
- 冲突
- 挑战
- 赌注
- 主题
- 转折
- 钩子（那个能让故事概念飞起的独特创意）
- 激发事件

所有这些东西都有用，但钩子是最大的卖点。钩子是激发兴趣的东西，让你想知道更多。在类型电影中，钩子往往涉及你如何把类型玩出新意，或者如何把多种类型元素融进一个令人叹服的混合形式。在人物驱动的电影中，钩子常常是独特人物与其目标或主题的巧妙结合。

人物驱动的电影剧情梗概，通常比情节驱动的电影更难写，因为剧情梗概更多说的是情节，而不是故事。这就引出了下一个问题。

激发事件与剧情梗概

很多时候，激发事件是有效的剧情梗概的组成部分。让我们来看一些简单的（虽说有点傻）情节驱动的科幻小说剧情梗概，可能直接就把激发事件写出来了。我能想到这样一个："自己的搭档被邪恶的外星人杀了（激发事件），顽强的布鲁克林巡警劳伦·布朗（主人公）必须找到外星人的母星（挑战），为搭档报仇（主题）。"剧情梗概也可以点明电影的类型。这个例子中，梗概并没有浪费笔墨说明类型，但听众知道这是一部复仇科幻片，因为那些故事元素已经表现得很明显了。

或者，让我们幻想一部融合了科幻和犯罪元素的浪漫喜剧。"无所事事的布鲁克林会计珍妮·杨（主人公）被外星人绑架（激发事件），遇到了潇洒的太空船长（爱情元素）和他的星际珠宝大盗团伙，意外收获了爱情，并畅享了一番犯罪冒险之旅（钩子）。"这是《十一罗汉》（*Ocean's Eleven*，2001）在《萤火虫》（*Firefly*，2002）的片场上遇见了《神秘约会》（*Desperately Seeking Susan*，1985）。

当然，这太傻了。但在每个例子中你都可以看到，各个部分是怎么安排的，怎么说出你需要了解的一切信息，让你理解电影的基本概念。不要情不自禁地给基本的剧情梗概添油加醋（那些是你推介会上要讲的）。开口第一句话，要简洁、动听、清晰。这是为了让你的听众不要去想："等等，什么意思？"反之，他们应该问："然后呢，发生了什么？"

情节还是故事

日常对话中，我们可以互换使用"情节"（plot）和"故事"（story）这两个词。剧本写作中，两者有一些重要的差别，在本书中我们已经在有区别地使用了。比如这样：

1.一部电影既有情节又有故事（正如我们前面所了解的，它也有次要情节）。

2.情节是我们在银幕上看到的事件。人们见面、聊天、恋爱、争吵、彼此追逐，进行各种活动。

3.故事是潜在的文本，是言外之意。故事是推动情节发展的深层含义，是我们通过观看情节推断、揣摩出来的。故事说的是我们为什么要聊天、恋爱和争吵，为什么要做种种诸如此类的事情，以及这些表面行为对当事人意味着什么。故事是你的主人公在处理电影主题时的个人情感历程。

剧情梗概更重视说明情节，而不是故事，因为编剧需要在起头的句子中提供足够多和情节有关的事实，把电影概念表达清楚。在剧情梗概的特定语境里，情感弧线（情节发展的驱动力）的说明往往是次要的。

例如，以人物驱动的独立电影《冬天的骨头》，剧情梗概可以这样写："在密苏里州的农村，一个十几岁的女孩（主人公）不顾遭到暴力报复的危险（赌注），打破贩毒家族的禁忌（冲突），去寻找逃亡的父亲（挑战），拯救自己的家（主题）。"单从她的年龄看，这个女孩一定在做超出能力范围的事。而且，她的家庭已经濒临崩溃了。这听上去是个很棒的剧本，虽然我们还不知道年轻的主人公芮·多利将会如何推动电影的发展。

打个比方，这个剧情梗概引起了制片人或开发主管的注意，他们想了解更多。接下来，你可以进一步解释："她能够凭借自己的勇气、智慧和纯粹的意志力来推动不可动摇的东西。"这句陈述说明了她的性格。同时这也是一个例子，可以说明为什么有时候一个剧情梗概写两句话也是可行的。

为了解释得够清楚，我们再举个例子。《异形》的基本剧情梗概可能这么写："一艘商业太空船的船员回应了一个求救信号，因此遇到可怕的外星生物。如果怪物登上太空船，他们将不得不为了生存与这个致命杀手奋力一搏。"

这个剧情梗概的公式看起来是这样的：群像主人公+激发事件+冲突+对抗者。钩子则是把一部鬼怪屋类型的电影放在了一艘太空船上。还有更多可讲的吗？当然有。尤其是，我们对外星人有多么奇特还一无所知，这很重要。这个梗概把所有次要情节都告诉了我们吗？没有。但我们是不是了解到将会发生什么，以及电影可能如何发展呢？是的。

突围明星
诺姆·克罗尔

"剧情梗概确实是一种独立的艺术形式。它用一两句话概述你的电影,不仅传达出你的故事前提,还让读者对整个故事有了感性的了解。在早期好莱坞,制片人会阅读剧本的简要说明(通常印在剧本的书脊上),这样就可以跳过没意思的剧本,甚至不用从书架上抽出来。现在,虽然剧情梗概不再印在剧本上,但实际的作用没有变——高效地表现出故事,抓住潜在读者的兴趣。"

——《末路残影》(*Shadows on the Road*, 2018)的编剧和导演诺姆·克罗尔(Noam Kroll)

剧情梗概与类型

写剧情梗概时，搞清楚故事的类型很重要——除非你想做的是真正实验性的非叙事性电影，这种情况你更该去写一份申请资助的艺术家声明。毕竟，在大部分情况下，你必须找到方法通过一个普通的镜头（或一组镜头）与观众建立联系。类型的意思就是这么一件事：与观众建立联系。

就算你认为自己的故事不属于哪一种传统类型，或者甚至连明确的类型融合都算不上，类型电影的工作方式也能帮你找到故事的"钩子"。当你写作规定的类型，你要做的是给到观众所期望的，同时创造出新的东西。类型电影的影迷，期望自己选择的类型在一些方面是可识别的——例如，西部片、恐怖片、浪漫喜剧、惊悚片。类型电影需要传达出某种西部片的特性、惊悚片的特性，诸如此类。这种熟悉的感觉会让我们比较舒服："我知道这是什么，我喜欢这个。"但是，如果你的剧本在类型的框框里太中规中矩，就会让人觉得很套路。用电影研究语言来讲，即你的类型故事，需要在重复与差异之间取得良好的平衡。剧情梗概可以强调你对类型的突破，也可以不强调，要酌情选择。

之前讨论《异形》，我们说过这是一部类型融合作品，让我们进一步展开细节说说。这个剧情梗概可以（而且应该）给我们一种暗示，科幻片和恐怖片融合在一起，会有何种感受？两种类型的融合是这个创意和这部电影成功的关键，所以让我们看看它是如何运作的：在《异形》里我们看到，开场一段是科幻片。船员从深度睡眠中醒来的时候，我们在太空船上；稀里糊涂地，他们弄清楚了自己身在何处，为什么会被提前叫醒。这显得有点神秘，但我们仍感到安全地处在科幻电影的世界里。首先，一切看起来都如此科幻，有太空船、太空服、外星星球什么的。如果这是一个创造故事世界的练习，这一切给出了类型影迷期待的科幻片特性。这就是"重复"。

在第一幕后面的部分，船员发现了外星飞船和飞船上那些蛋，就是在这里，电影画风突变，成了恐怖片。这艘外星飞船本身就怪异可怕，飞船的设计里包含有生命体。奇怪的蛋里面是邪恶凶残的异形"抱脸虫"，一只"抱脸虫"抱住了一名船员的脸。那一刻，恐惧感陡然增强。这就是"差异"。

闭门写作
剧情梗概练习

把这个练习做几遍,你就能推销自己正在写或者正要写的电影了。练习分为三个部分。你可以使用自己的电影创意,也可以针对这个练习创造一个电影概念,你想写几遍就写几遍——谁知道呢,有可能你喜欢上了哪个创意,就此写出了一个新的剧本。

1. 创造一个主人公。给他们一份工作,一个关键的个人特征,一种看待世界的态度,一个需求,或一个目标。另外,你也可以在这里确定一种类型,或者让类型在你发展人物过程中自然而然地出现,然后发展成概念。

2. 现在你需要的是冲突,也就是一个对立面或对抗力量。它不一定非得是一个"人"。比如在荒野求生的电影里,冬天可以是个对抗力量。问问自己,你的对抗力量如何完美地衬托出了主人公。

3. 问问你自己,"有什么风险或赌注?"如果对抗力量赢了,会发生什么?

4. 可以考虑加上一个情节转折,来形成高概念的乐趣。

5.从上面几个问题的答案里，每个选取至少一方面的内容，综合成一句话，你就有了一个初级版本的剧情梗概。

马上动笔写下你的剧情梗概吧。还记得我随口说的吧——这是《十一罗汉》在《萤火虫》的片场上遇见了《神秘约会》。

要说明一点，"X遇见Y"这种简化的表达不是剧情梗概，但却是一些电影人谈论故事创意的方法。我不会这样提案，太浮夸了，在会议上可能会留下不好的印象——尤其是大家跟你不怎么熟的情况下。（同样，我当然绝不会用这种表达方式开场，就算接下来的讨论可能会使用这种简化表达。）但对一些人来说，在解释一个新想法和已有的成功电影之间的关系时，简化的思考方法可能会有帮助。这样的思考方法，可能会帮助你想出一个"钩子"，或者优化一个还不大行得通的创意。

> 不管你会如何发展一个故事，都需要简洁而准确地介绍它。这是为你自己着想，也是为将来的制片人和观众着想。写下剧情梗概，是着手梳理想法的一种方式。

法则 7：

写出剧本大纲

现在，你已经准备好进入剧本写作的下一个步骤了，那就是把你的故事勾勒出来，从第一场戏写到最后一场戏。我们会重点讨论剧本小样和剧本大纲，这两个文档要处理的都是电影的整个故事。请注意，剧本小样和剧本大纲是不同的文档，以非常不同的风格写成，也是为不同的读者而写。

这一点非常重要：虽然你可能很想直接动手写剧本，但如果先写出一个优秀的大纲，写剧本的时候你会收获更多乐趣，写得也会更顺利。我保证，绝对是这样。

为什么要费劲写大纲呢

你已经有了剧情梗概。恭喜你！这说明你对自己电影的概念理解十分透彻，没错吧？（如果没有，就把上一章的练习再做几遍，一定要把剧情梗概写下来。）进入剧本大纲阶段，你需要一个坚定有力的概念来推动和约束你的创作。

如果既有了可行的概念,又有了剧情梗概,那现在就可以把整部影片的简要大纲写出来,真刀真枪地试试了。剧本大纲是对整个故事的概述,将故事分成行动、节拍、段落和场景。大纲包含以下内容:

· 电影名称

· 剧情梗概

· 一个长篇幅的梗概(synopsis)

剧本大纲为剧情梗概的骨头添上了肉。剧本大纲告诉你电影的每个场景都发生了什么;不过,它并不能一一解答开发主管可能提出的所有问题,因为大纲的主要目的并不是为了说服谁——那是剧本小样要做的,后面我们会分别举例简要说明。

言归正传,一个优秀的剧本大纲能带给你自信,你会有一个真正的故事可写,因为它提供了足够的信息,确保你在写作时保持方向不跑偏。写作过程中,你可以回过头看大纲,加以完善,填补细节的空白,因为写作会激发你的灵感。比方说,你写下一个场景,这个场景让你想到,之后的故事可以发生什么事。非常好。把这个新点子加到你的大纲里吧。

如何写作剧本大纲,你可能听到过各种不同的建议。有些编剧和老师坚持认为,动笔写剧本前,你需要把所有东西都写在大纲里——写下每一个场景,甚至要写出一些对白。另一些人(包括我)认为,虽然"掌握你的故事"（好莱坞行话是"制定其基本结构"）很重要，但过度准备可能会对创作过程有害。你刚开始写的时候，可能很难精确地把握整个故事的概念。如果第一次写时你没办法安排好剧本的每一个场景，不用着急。编剧就是这么回事。有些事情做多了，自然熟能生巧。

总之，无论你用什么方法，大纲的目的就是要一点一点弄清楚，故事是怎么发展和解决的。你下笔写真正的场景之前想得越清楚，就越容易写出来。接下来，我们先花点儿时间来厘清和大纲有关的、容易混淆的一些常见概念。

剧本大纲和剧本小样有什么区别

你可能听过这两种说法，平常它们似乎可以混着用，意思也没多少差别。但再说一次，了解这两者在剧本写作方面分别是什么意思非常重要。简单来说，编剧使用"剧本大纲"为剧本创作做准备；而"剧本小样"则能让编剧找到金主，获得雇佣，让剧本最终能变成电影。

剧本大纲

大纲是编剧创作出来自己用的简易文档。你可以用大纲构建故事的细节。在大纲里，你列出推动和表现主题的场景，列出行动、节拍、情节和人物弧线，直到为即将创作的剧本画出一个框架。完整的大纲简洁明了，非常实用，它是为你服务的。在大纲里，你要写下和场景相关的信息和点子，等到写正式剧本的时候，就有了非常实用的参考。剧本大纲里可以有简单的对白，甚至一些完整的场景草稿，但通常是对每个场景做出明确说明，解释一下谁在做什么，以及结果如何。

大纲对故事开发至关重要，它是剧本创作的一件支持工具。不过，你可能还需要写一系列有针对性的文档，对不同的受众，分别强调故事的不同方面。每个金主都有自己的宗旨和目标；如果你想拿到钱，就要去研究一下，再把你的故事写成一个用来吸引这个潜在金主的剧本小样。你的故事不会改变，但你的推销角度可以调整。

写大纲没有硬性规定。关键在于，大纲要对你写剧本有帮助。你可以根据你计划要使用的故事叙述模式来组织大纲。例如，如果你用三幕范式来创作，那么就把你的故事划分成三幕。如果是五幕结构，自然就划分成五幕。

剧本小样

剧本小样是一份推销用的文档。它是给那些最终会购买和销售电影项目的制片主管、制片人和经纪人们阅读和使用的。写剧本小样的时候，你是在为那些将决定剧本完稿是否值得他们掏钱的人而写。因此，你的剧本小样要用散文的形式来写，就相当于电影的原始母版。

剧本小样和剧本大纲有许多相同的信息，但行文风格更灵活，更有说服力。你写这个是要告诉你的读者，他们想在一部成功电影里得到的一切，你的故事里都有（可以参考后面"典范学习"案例）。

　　有个办法可以明确剧本小样的基调，那就是按照电影的腔调来写。比如，一部喜剧片的剧本小样应该使用有趣的腔调和内容，预先传达出电影的幽默。一般来说，剧本小样要写出影片风格、人物、人物关系，以及人物动机方面的更多细节。这确实是一门艺术，其宗旨是要让读者看完之后为你的故事感到兴奋。

典范学习
约翰·奥古斯特的剧本大纲

下面是编剧约翰·奥古斯特（John August）为其剧本《大鱼》（*Big Fish*，2003）的开场部分写的一个段落大纲（sequence-driven outline），非常简短。他并没有把每个场景都列出来，而是从一组完成特定故事任务的场景写起。大多数剧本大纲都是按场景顺序写，下面这个段落大纲也是类似逻辑，一个段落接一个段落。

****

《大鱼》段落大纲 3/31/00

段落01- 第1—6页　鲇鱼

在威尔从小到大的人生里，他的父亲爱德华都在讲述那个大鱼的故事，直到威尔的婚礼上他还在讲同一个故事。父子两人发生了争执。

段落02- 第6—8页　那三年

接下来，三年过去了。威尔的旁白解释他和父亲是如何间接沟通的。爱德华在游泳。威尔和妻子约瑟芬给他们未来的宝宝做体检。

> 段落 03- 第 8—11 页　父亲出生的那天
>
> 威尔讲述了他父亲出生那天的故事，那一天阿什兰终于下雨了。
>
> 段落 04- 第 11—14 页　威尔接到电话
>
> 威尔得到消息，他父亲的病情已经恶化了。他和约瑟芬登上去美国的飞机。

为什么做研究很重要

写剧本总是要做研究的，不过一定要把握好分寸。如果你过度地做研究，搞得自己只见树木不见森林，就会适得其反。

一般来说，你要比观众知道得更多。你在研究中学到的，电影最后未必全都用得上。不过，你的研究会影响剧本里的所有信息，以及我们在电影里看到的。如果你的人物有一份特定职业，或者信奉某种宗教、某种政治理念，你就需要了解相关的信息。你需要了解故事的背景，以及它们可能会如何影响人物行为。总之，要脚踏实地，搞清楚你的故事世界。

> ### 典范学习
> **特里·鲁西奥的剧本小样**
>
> 这是编剧特里·鲁西奥（Terry Rossio）为《佐罗的面具》（The Mask of Zorro）写的剧本小样开头（不是大纲开头），电影是1998年上映的，剧本小样是1994年写的。仔细看看，这段充满戏剧张力的散文叙述在用什么方法推销电影主人公的神秘感：佐罗就是"月光下的黑色幽灵"，年轻人都"目瞪口呆地"看着他。
>
> ****
>
> "开篇一段，通过年轻的两兄弟——亚雷汉德罗和杰奎因——的视角展开讲述。故事发生在1822年的加利福尼亚阿尔塔地区。墨西哥即将赢得独立。加利福尼亚的西班牙总督蒙特罗意识到自己快要完蛋了。他已经下达命令，绞死所有的政治犯。一群男孩偷偷溜进镇上的广场观看行刑。
>
> "不过这一次，蒙特罗又败给了佐罗。佐罗扬帆而来，劫了法场。他完全是一个大无畏的英雄，是月光下的黑色幽灵，亚雷汉德罗和杰奎因看得目瞪口呆。不过，这却正中蒙特罗的下怀，他料到佐罗会来，大批人马早已布下罗网。佐罗还不知道自己钻进了圈套。"

简单说说改编剧本

改编剧本是个很大的话题，值得单独写本书。在这里我们只是介绍一下，列出一系列问题供参考——如果你正在考虑把一个版权从其他媒介形式改编成剧本。

你获得授权了吗？ 这是要优先考虑的问题，如果你没有版权，没有明确的（书面形式）法律授权允许出售改编的剧本，或者没人雇你来改编——那就别干这事。这是浪费你的时间，而且由于法律上的原因，没人愿意读你的剧本。顺便说一句，如果想合法改编一本书或其他知识产权作品，你应该联系出版商，问一下电影改编权在谁那里。

这东西有可能改编成电影吗？ 假设你确实拿到了版权，或者获得了改编许可，问问你自己：这个故事该如何用电影形式表现？首先要想一个重要的问题，电影是视觉媒介——你可能说，谁还会考虑这么多，对吧？不过，这一点确实非常重要，因为并不是所有的小说（假设你要改编的是小说）都很容易表现出视觉效果。无论你想讲什么故事，都需要做好解决媒介特性问题的准备。

原作的媒介属性有什么特殊之处？ 举个例子，漫画书和图像小说（graphic novels）也用画面讲故事，但方法很特别，和电影不一样。漫画书的故事有一条隐含的阅读线索，从这一格到下一格，从这一页到下一页。虽然我们一页页阅读时感觉是动态的，但漫画书的视觉冲击力在于漫画是静态艺术。漫画的每一格都是独立画面，但是漫画书页面中的创意布局安排，也会构成另一层面的视觉叙述，传达出更多含义。很少有漫画改编的电影能真正吸收原作的漫画特性，只能放弃原作的表现形式，单纯讲讲故事。不过那部风格鲜明的硬汉犯罪片《罪恶之城》[①]算是一个特例。

不管你改编的是哪种媒介，故事都有自己既定的主题象征体系。有时候非常隐晦微妙，但常常也能提供可以借鉴的丰富意象。就算是最注重情节驱动的小说，也需要花费笔墨确立地点、时间跨度等等。最终，改编者的任务是既能保持对原作的忠实，同时又不过分受限于原作。

无论用什么方法来改编，你都需要掌握住故事，像其他任何剧本那样写出一个大纲。有一种方法是"原样照搬"写出大纲，然后根据你的理解进行剪裁和补充。当然，这会让改编更保守和传统，因为大纲一开始就基于原作的结构，而不是基于你的理解，但这样至少可以帮你厘清原作结构。然后，你可以退一步想想该怎么调整。

其实任何大纲都是这样。一旦有了某个版本的故事大纲，你就相当于有了整部电影的几页简要说明。这是非常有用的资料，不仅可以助力下一步编剧工作，还可以用来评估故事，让你在以正式剧本格式动笔创作之前再想想清楚，优化更多地方。换句话说，这一章教给你的，是为写剧本的下一阶段铺好路。有时候，写大纲最大的价值就是帮你发现问题和解决问题。

[①] 《罪恶之城》改编自美国著名漫画家弗兰克·米勒（Frank Miller）的漫画，由罗伯特·罗德里格兹（Robert Rodríguez）、弗兰克·米勒和昆汀·塔伦蒂诺联合导演，具有非常独特的视觉效果。

突围明星
塔伊加·维迪提

在《乔乔的异想世界》里，编剧兼导演塔伊加·维迪提冒了极大的风险，把一部喜剧的背景设定在二战期间的纳粹德国。不仅如此，他还把阿道夫·希特勒化身为一个男孩想象中的朋友，这个男孩希望成为希特勒青年团的"优秀"成员，以证明自己对元首的价值。

塔伊加之所以没有玩砸，有很多原因，其中一点是采用自然流畅且具有说服力的叙述风格，恰当地表现了悲剧。不过，这部电影能成功，还因为它扎根在那个时代的现实之上，让人不得不严肃地看待其喜剧基调。不那么精确地说，电影的喜剧效果是靠时代氛围支撑起来的。它对时代准确的把握，足以让我们体验到故事的悲情和哀伤。换言之，电影足够严肃地看待时代背景和年青的主人公，让我们无法随便去否定它。《乔乔的异想世界》用轻松调侃的方式探讨了那个时代，但从未让我们忘记故事背后的东西。

> **闭门写作**
> **大纲练习**
>
> 这个实战练习要为你的故事写出一个大纲。如果你一直在跟随着本书做练习，应该已经准备好了，那就动手写吧！
>
> 如果你还需要再琢磨琢磨，这个热身练习可以帮你换个角度梳理故事的结构。
>
> 故事里承担部分或全部戏剧功能的人物，给他们起个名字，描述一番，让他们对你的主题抱有不同的态度：主人公、对立面、盟友、阻挠者、干扰者、竞争者、顾问或导师。或者可以说，在你的故事中加入对主题感兴趣的人物。其中一些人可能具有相通或相似的看法。
>
> 和之前一样，要完成这个练习，你需要回答以下问题：
>
> 你的主人公是谁？
>
> 在情节中，他们想要什么（一个切实可行的解决方案）？
>
> 在故事中，他们需要什么（一个有关主题的情感抉择）？
>
> 谁想阻止他们，为什么（你的对立面或对抗力量）？

你的电影是什么类型，或者说你要融合哪几种类型？

你的主题是什么？

以上大部分问题的答案都应出现在你的剧本大纲中，至少要有所暗示。为了完成这个练习，你需要重新审视主题。练习过程中，所有关键的信息都会影响你的选择。

1. 记住，电影中的每个关键人物都应该对主题抱有一种态度，或者对主题产生一种影响，也可以两者兼有。他们不同的观点和影响相互碰撞，就会产生冲突。冲突即戏剧。

2. 每一组有关主题的关系，如主人公和反面角色之间的关系，都是你故事情节的分支。

现在，你知道该怎么从人物和主题出发写出情节和故事了。这就是主流电影和很多独立电影讲故事的核心所在。

> 在大纲里，你列出推动和表现主题的场景，列出行动、节拍、情节和人物弧线，直到为即将创作的剧本画出一个框架。完整的大纲简洁明了，非常实用，它是为你服务的。

法则 8：

用画面讲故事

不管你的文采有多好，不管你笔下的描绘多么精巧灵动，作为编剧，你的文字是为了超越文字。你的剧本（如果一切顺利的话）是要被拍成电影的。

这是为电影写作和为其他媒介写作的一个关键差异。文字会转变为画面——运动的图像——而你的任务是运用散文化叙述预演画面，推动这一转变。你写的东西，要能传达出剧本场景如何具有电影表现的潜力。你会发现，阅读优秀的剧本是一种非常直观的视觉体验，只会感觉到所有画面都投射在你的脑海里。

这其中的窍门在于，学会一种写作风格，帮读者在剧本中看到电影的表现力。我们会深入研究一些例子。另外，你自己动手写剧本时要问问自己：

戏剧性如何在我的场景中流动？

此时此刻我正在关注的是什么？

作为骨干的格式

早在法则1中,你就学习过如何写动作描述。我们谈到了主场景格式,要使用留白,以及把场景中的每个关键瞬间当作独立画面来思考。我们还谈到,在你试图唤起戏剧性、运动感或紧张感时,不用太考虑语法和句法的使用习惯。你都记得,对吧?很好。接下来,我们将通过范例研究来实践这些想法,看看成功的编剧是怎么通过叙述唤起画面的。

向专业选手学习

让我们从一个简单的场景开始,节选自达米恩·查泽雷(Damien Chazelle)《爱乐之城》(*La La Land*,2016)剧本的开篇。请注意,剧本要用现在时态写,这是专业剧本的标准做法。这是为了给读者一个印象,你剧本中所展开的一切都发生在——此时此刻!

1. 外　101 高速公路 – 日

汽车都停在原地。一次糟糕的堵车。

这是早高峰。艳阳高照,暴晒的柏油路面闪闪发光。洛杉矶市中心凌乱的天际线摇摇晃晃在远处浮现。

缓缓移动,我们看到更多辆车。听到一个又一个的音频片段……

一个司机跟随**前卫摇滚乐**的节奏，敲打着方向盘。另一个人唱起了**歌剧**。第三个人跟着**嘻哈**在说唱。我们听到**电台访谈节目**，然后是**法国民谣**，再到**电子舞曲**，直到最后我们听到了……

……一首全新的原创音乐……《阳光明媚的一天》（ANOTHER DAY OF SUN）

注意，看查泽雷是怎么利用留白把描述分割成了大小不同的部分。我们看到一个画面，或一组连续的画面，然后继续。这就好比，每个小段落代表了一个镜头，一个集中的戏剧性时刻，或者一组很短的镜头段落，他只是没有把它们写成镜头，而是写出了画面。我们在脑海中将它们组合成为一个段落。如果他把我们的注意力带到某个小东西上面，我们会想象一个特写画面。如果他描述的是全景画面，我们就会在脑海中"看见"一个全景镜头。

查泽雷暗示了摄影机的移动，但并没有明确说明。"缓缓移动，我们看到更多辆车……"，这是一个跟踪镜头，我们领会到了，不需要明确说明，移动就给了我们技术的感觉——镜头的运动和速度。这使我们身临其境。就这样，我们从一辆车到另一辆车，从一个人到另一个人，画面在脑海中流动。剧本用声音给画面做了标记——通过他们听的音乐，而不是他们的外观——直到最后，混杂的声音中出现一首曲子，成为这个段落的主题曲。

这是简单巧妙的剧本写作。它并不华丽，也毫不炫技，却用很自然的方式带我们穿梭车流之中，完成了一段旅程。我们不会考虑电影制作的技术问题，脑中只会流动着文字唤起的声音和画面。

突围明星
达米恩·查泽雷谈音乐电影创作

《爆裂鼓手》和《爱乐之城》的编剧兼导演达米恩·查泽雷和创意编剧网站（Creative Screenwriting）的雷蒙娜·扎哈里亚斯（Ramona Zacharias）讨论到音乐电影的融合性，他说：

"我之所以喜欢音乐电影这个类型，部分是因为这种融合性。音乐电影不是现实主义，但也不是纯粹的幻想。它是一种允许你把两者真正融合的类型。音乐电影创造了另一种世界，在那里，情感高于一切，你怎么去感受世界，世界就会变成什么样。我觉得这非常迷人。充满希望，又如此悲伤，因为你终究要回到现实。我发现，那些最欢乐的音乐电影，也多少有些让人心碎。我觉得，伟大的音乐电影，常常会包含这样一种悲伤。音乐电影是那种幻想美梦成真的东西。人物想改变世界的面貌，把它变成自己希望的、更理想的样子。那种努力——有时候会失败——包含着真正的诗意。在这部电影中，我想尽情制造这种幻想，最大限度地去表现。让我们的人物真的就在外太空跳华尔兹。不过，我也想尽可能展现残酷的现实，甚至可以和他们一起坐在餐桌前，在长

> 达 7 页——也就是 7 分钟的电影时长中，看他们在极其焦灼、类似幽闭恐惧的情况下争吵不休。这部电影必须设法包含这两种东西，幻想和现实。"

现在，作为对比，让我们来读一段托尼·吉尔罗伊（Tony Gilroy）为惊悚片《谍影重重》（*The Bourne Identity*，2002）写的剧本草稿。这一段中的描写更加积极和有活力，和一部惊悚片的开场十分匹配。我们要读的这个场景，发生在电影刚开始的地方，杰森·伯恩被从海里救上来，已经奄奄一息。在渔船上，船员试着给他处理伤口。（吉尔罗伊在下面的场景说明中使用了双连字符。这是老派的行文格式，现在已经不怎么有人这样用了，不过效果上没影响。）

内　渔船的铺位间 – 黎明 – 时间转场

铺位间已经改成临时的手术室。一盏吊灯在头顶晃动。**男子**躺在桌子上。声音 -- 呻吟声 -- 说话 -- 零星片段 -- 全是不同的语言。

身穿油腻围裙的**吉安卡洛**充当了医生。割开衣服。把**男子**翻过来。背上有两处枪伤。检查伤口，判断情况。

现在 -- **吉安卡洛**用牙咬着手电筒 -- 叮当 -- 叮当 -- 叮当 -- 弹片掉进一个洗净的橄榄罐里。

现在 -- 有东西吸引了**吉安卡洛**的目光 -- **男子的屁股上有一道疤** -- 另一块碎片 -- 刀子切入 --

镊子取出一个小塑料管，根本就不是子弹，镊子
松开 --

　　男子的手猛地拍在吉安卡洛的手上，跳切
进入 --

　　第一人称视角 -- 我们正盯着看 --

　　　　吉安卡洛

你醒了。能听得见吗？

　　这个场景简缩了时间，"时间转场"（TIME CUTS）①
的场景说明强调了这一点，这么做是为了把伯恩手术中揭示
的重要故事信息强调出来。具体而言，我们发现伯恩身上有
枪伤，而且皮下植入了一个微型装置或胶囊。毫无疑问，这
些事实提供了解释伯恩职业身份的线索。

　　读完这段节选，注意一下吉尔罗伊是怎么吸引我们
从一个画面到另一个画面的。再说一次，这些描述都隐含
着镜头或电影聚焦的瞬间。最终完成的电影场景中使用了
大量特写镜头：刀子划破衣服，切入皮肤；镊子取出弹
片；等等。通过反复使用"现在……"，编剧把我们带到
了银幕上正在发生的时刻，并引导我们集中关注行动的时
间和空间，这样我们就看到了一组互不相连的画面构成的
一个连续段落。不过，吉尔罗伊从来没有真正调用一个镜
头，直到伯恩醒来，我们进入了他的视角："第一人称视

---

① 时间转场常用于发生于同一地点的场景中，表明地点没变，但时间已经不
同。通常场景中存在相同的角色。

角……"

　　吉尔罗伊的写作还经常使用双连字符，这是描写动态场景常见的风格。这些标点打破语法和句法的连贯，带着我们从一个画面到另一个画面，就像场景拍完后，剪辑时会用使用跳切的方法实现时间转场。每个双连字符都让我们向前跃进（ -- 下一个时刻 -- 下一个画面 -- ），不需要遵照语法。跳跃运动要比保持连贯性来得好。这在《爱乐之城》里行不通，但在《谍影重重》里十分管用。

　　看一下吉尔罗伊是怎么使用拟声词暗示声音来点缀画面的。弹片落入橄榄罐（后来电影里用的是个托盘），发出"叮当--叮当--叮当"的响声。这是一种能体现出电影类型的声音。在子弹叮叮当当的响声里，蕴含了深植在我们影迷心中的某种东西，因为我们在其他惊悚片和刑侦片中听到过这种声音。每一个抢救和验尸的场景都有各自版本的叮当之声。它意味深长、令人回味、似曾相识，这种似曾相识的感觉让我们集中了注意力。还记得讨论类型即重复和差异的组合时我们是怎么说的吗？从大的故事元素，到细微的声音效果，这个观点在各个层面都适用。我们还不知道杰森·伯恩是谁，但是"叮当一声"我们就进入了一个惊悚片，那就继续吧。

　　注意，一定不要照搬查泽雷和吉尔罗伊的做法。这只是两个编剧写作风格的示例，符合他们各自电影的画风。有一千个编剧，就有一千种写法。还不如问问你自己，编剧用不同风格来处理不同类型的电影，其目的何在？另外，想一想，不同风格如何影响了你阅读和唤起每个场景的方式。一个编剧是否恰巧使用了省略号或双连字符，这不重要，重要的是不同编剧风格想要实现什么效果。

如何从内部到外部

还有一个问题，怎么用文字写出内在的东西——内在的对白、情感，以及人类思想和感受的复杂性。答案很简单：人会说很露骨的话（即便是假的），也会做很露骨的事。我们还可以根据上下文来推断内在的东西。比如，我们在之前的场景中看到人物经历了不愉快的事情——他们遭受了损失、受到了伤害，或者目睹了什么可怕的事——那么在之后的剧本中，我们就可以根据他们的反应推断出情绪感受。

同样地，作为创作者，你不应该在没有上下文的情况下直接告诉我们某人的感受，你可以用行为和动作来表现。如果某个场景中，主人公目睹她弟弟死在了医院里，而下一个场景她在家里哭，观众会理解前后的关联；这时候才适合写一个行为说明，如"约瑟芬感到悲痛"。

这不是在作弊，是基于故事前后语境做出的合理说明。如果你在开场就写了个这样的说明，那才叫作弊，比如："约瑟芬感到很悲痛，因为男朋友的鹦鹉雷吉纳尔多三世死了，邻居的猫弄死了它，而且约瑟芬觉得，要不是她开着门，悲剧就不会发生。"我的意思是，我们去哪儿能看到这些情况？再说，这是开场，我们还一无所知呢。

有才华有经验的创作者，能用有感染力的场景说明准确传达出内在的东西，比如索菲亚·科波拉（Sofia Coppola）的《迷失东京》（*Lost in Translation*，2003）剧本中的这一幕。

内　酒店餐厅 – 日

他们坐在明亮的灯光下。她眯着眼睛，喝了一杯血腥玛丽。鲍勃心不在焉。

她看着对面两个来自**中西部的**女人在谈论整形手术，你听不到她们的声音，但可以看得出她们的手势，其中一个还把眼皮拉起来。

视线越过精致的自助餐，夏洛特看到另一桌人，红头发的歌手和其他索萨利托乐队成员在一起吃早餐。

夏洛特

（试图让气氛轻松）

嘿，看，那是索萨利托乐队。

鲍伯

我每天早上都看见他们。

他们不知道该说些什么。不知道为什么，早餐吃得很暧昧。夏洛特吃东西时留意到自己的每一个动作。

特写 - 从夏洛特的**视角**看软软的炒蛋。

让我们来看看这两句。

1. "鲍勃心不在焉"。这是一句概述，剧本里点到为止。它说明的是一种行为，而不是一种特定的情绪。

2. "他们不知道该说什么。不知道为什么，早餐吃得很暧昧。夏洛特吃东西时留意到自己的每一个动作。"顺着"鲍勃心不在焉"的线索，科波拉可以简单地写一些诸如"场面十分尴尬"这样的句子，我们就可以理解当时的情况，虽然这样的表达沉闷且乏味。不过，放在更广泛的故事背景中看，鲍勃和夏洛特的友谊不可能再有什么发展，而在另一种生活中也许这缘分会有进一步的可能，这个场景说明表达出了两人共同承受着"恨不能有关系"的心理困扰。

场景的魔力

就像我们在法则1中讨论过的，一个剧本的场景发生在特定的时间和地点。如果时间或地点变了，场景也要随之变化。

我们说过，好莱坞电影的场景一般不会超过两三页，在银幕上很少会超过两分钟。长达五页的场景是罕见的例外，这么长的场景要用来实现非常特殊的戏剧冲突。在不那么主流的电影叙事形式中，例如对话很多的人物驱动类电影，每个场景的页数/分钟数可能会多一些，但这不是规则。

场景的目的

悉德·菲尔德提醒我们，场景有两种目的。要么应该表现人物，要么应该推动故事发展。如果这两点都做不到，那这个场景要么需要重写，要么应该从剧本里删掉。记住，你剧本的每一页都要花钱来制作。没有人愿意把钱浪费在那些没有实际意义的场景上。此外，专业的同事也会马上注意到你剧本中无用的赘肉。

我在学生的剧本中发现，有一种常见的无意义场景，是朋友之间通常会有的那种插科打诨。作者认为自己在表现人物，但没有任何变化，也没有任何发展。我们没有了解到任何重要的东西（除了我们不再相信你的剧本）。

场景是你讲故事的基本模块。有些场景很简单，包含一个动作，或一个推进故事的明确意图。这可能是一件好事，因为如果每个场景都深刻且复杂，你的观众就会连喘口气的机会都没有。有时候在故事的语境中，你只需要向我们展示一个画面，就会自有深意或发人深省。其余时间你是在控制节奏，给我们留出喘息的空间——期待即将发生之事的机会。（不过，场景还是要带着目的写！）

总之，要大胆使用简洁生动的场景。这些场景和复杂的场景交织呈现，我们是能看明白的。

场景节拍

就像一个完整的电影故事，复杂的场景有自己内在的"节拍"结构。这些节拍都是戏剧性事件有所进展，或是重心发生转移的时刻。场景节拍是重要的结构性事件，会改变人物之间的互动方式，推动情节的发展。另外，场景节拍之所以重要，还因为演员和导演要依据节拍来排演和拍摄。

下面是一个经典的例子，出自爱情黑帮片《雌雄大盗》，编剧是大卫·纽曼（David Newman）和罗伯特·本顿（Robert Benton）。克莱德遇见了邦妮，开始和她调情。邦妮问他为什么要找工作，他回答说自己刚出狱。这时候，她就要做一个重要决定了。我该和这个有前科的帅哥继续聊下去，还是该他妈的离远点？这种情况下，基本上我们会比邦妮先知道答案——毕竟，这部电影的名字不是《克莱德和他在街上遇到的一个女孩》[①]。但是，这个场景的结果——以及电影接下来的部分——取决于邦妮怎么处理这个信息。这取决于她对这个节拍的反应。

得克萨斯一个炎热的下午，阳光强烈刺眼。这个场景中，他们走过通往镇上的街区，两人之间仍弥漫着相互冒犯的轻佻态度。

[①] 这部电影的英文原名是《Bonnie and Clyde》，国内多译为《雌雄大盗》，直译为《邦妮和克莱德》。

>   克莱德
>
> 这是要去上班了，嗯？你做什么的？
>
>   邦妮
>
> 关你什么事。
>
>   克莱德
>
>   （假装认真思考）
>
> 我敢肯定你是个……电影明星！
>
>   （思考）
>
> 不对……是女机修工？不……是女仆？
>
>   邦妮
>
>   （真的给这句话冒犯到）
>
> 你把我当什么人了？
>
>   克莱德
>
>   （趁机补一句）
>
> 是女服务员。
>
>   邦妮
>
> （被他说中了，吓了一小跳，急着要走，因为对
>   方一时占了上风）
>
> 你是做什么工作的？不偷车的时候？
>
>   克莱德
>
>   （神秘兮兮地）
>
> 我告诉你，我这会儿正在找能干的工作呢。
>
>   邦妮
>
> 你以前做什么？

克莱德

（冷静地，他清楚说实话会有什么效果）

我才从州立监狱出来。

轰！轰！轰！这里就是场景节拍，以及……

邦妮

（挖苦地）

我的……我的天，如今这是个什么世道啊。

然后故事就开始了。

如果场景不具有一种适当推进发展的节拍结构，就会让人感觉停滞不前。罗伯特·麦基提供了一个实用的简易方法，给场景一种"极性"，然后使其反转。一个场景从主人公的"正极"开始，在一个节拍上转向"负极"。换句话说，发生了不好的事情，或者反过来。在上面的例子里，克莱德承认有前科，无疑让场景发生了转变。也许，它使邦妮从"负极"变成了"正极"，而不是相反，这就向我们透露了关于她的大量信息，以及她想在生活和爱情中寻求什么。

目标和策略

你知道，演员和导演在工作中要使用你的剧本。编剧需要想清楚自己的人物在场景中是怎么表现的，以及其他专业人士怎么使用自己的作品。这种"写作—表演"的关系，和两个关键的概念有关：目标和策略。

在一个场景内，每个重要人物都应该有一个目标。他们进入场景时想要什么（火腿三明治、离婚），或者当重要情节、事件发生在自己身上时，他们会产生一个目标。目标可以是很简单的东西，随着情节发展而产生，也可以是更微妙复杂的东西。演员通过阅读剧本来设定他们的目标，然后想出一种或几种策略，他们表演的人物会运用这些策略去达成目标。如果我想从谁那里拿到一个信息，我可以跟他们调情，威胁他们，哄骗他们，和他们讲讲道理什么的。这些都是演员可用的潜在策略，一个场景怎么写，会影响到这场戏怎么演。你需要从演员的角度考虑你的剧本，以及人物处境和对白里可能出现什么样的目标和策略——这就是场景节拍。

> **典范学习**
> 约翰·奥古斯特谈场景写作
>
> 编剧大师约翰·奥古斯特提供了六个要问自己的问题和四个练习,你在写场景的时候可以参考。它们都十分重要,值得你照做。
>
> 1. 这个场景中需要发生什么?
> 2. 如果删掉这个场景,会发生什么?
> 3. 谁需要在这个场景中出现?
> 4. 这个场景可以发生在哪里?
> 5. 这个场景中可能发生的最令人惊讶的事是什么?
> 6. 这是一个长场景还是一个短场景?
> 7. 发散一下,想出三种不同的开头方式。
> 8. 在你脑内的银幕上演一遍。
> 9. 写一版草稿。(这是你的大纲:用做笔记的形式从头到尾写下来。)
> 10. 写下完整的场景。

一种新的魔力

哪怕在最非主流的独立电影中,场景仍然是场景。你对故事和讲故事的定义可能和主流观念不一样,场景"目的"的含义也会因此不同,但无论你要讲什么样的故事,目的的法则都适用,那就是推进情节、发展任务。

无论你的目标观众是谁,都有无数方法可以写出精彩的场景。与其徒劳地用几段话去概括如此之多的方法,我不如来讲一个具体的例子。

下面这个场景,出自斯科特·纽斯塔德和迈克尔·H. 韦伯的《和莎莫的500天》剧本初稿,发生在我们的主人公汤姆第一次与新欢——电影同名人物莎莫欢度春宵之后的早晨。场景使用了奇幻电影、音乐电影甚至迪士尼动画片的修辞手法,来表现汤姆的喜悦之情。这个场景甜蜜而有趣——之所以有趣,可能是因为它考虑到了我们会如何共情汤姆感受的变化,让这些手法在一部爱情片中既浮夸不着调,又恰到好处。这个故事配得上如此夸张的表现手法。这样的场景电影中仅此一处,这也正是它有如此奇效的原因。

外　街道 – 早晨

这是有史以来最伟大的早晨!

汤姆走在大街上。或者,更准确地说,汤姆大摇大摆地走在大街上。他和路过的人打招呼,眨眨眼,走几个舞步。他就是世界的中心。他冲着窗户照镜子。照出一个年轻版的保罗·纽曼[1]。

他所过之处,人人朝他挥手,大家鼓掌庆贺,朝他竖起大拇指。他身后汇成一支游行队伍。**邮差、警察、卖热狗的小贩、罗纳德·麦克唐纳和麦凯斯市长,今天人人都爱汤姆**。哈尔和奥茨走过来和汤姆并肩而行,一路高歌。

汽车在人行道前停下来,让汤姆先过。**司机**也挥舞拳头,庆祝汤姆昨夜的辉煌成就。他继续向前走,世界之王。我们看到,他走过人行道,人行道就会亮起来,就像《比利·珍》[2]中那样。

卡通的小鸟停在汤姆肩上。他面带笑容,向小鸟眨眨眼。

---

[1] 保罗·纽曼(Paul Newman)是好莱坞著名影星,奥斯卡影帝,从20世纪50年代开始登上大银幕。因帅气外表和引人注目的蓝眼睛闻名。他被认为是好莱坞历史上最英俊的男人之一。

[2] 《比利·珍》(Billie Jean)是迈克尔·杰克逊1982年专辑《战栗》(Thriller)中的一首歌。这首歌的MV中,杰克逊走在夜晚的人行道上,舞步踏过之处地面会亮起来。

突围明星
琳·谢尔顿谈即兴创作

在接受《石板》(Slate)杂志采访时，已故编剧、导演琳·谢尔顿(Lynn Shelton)谈到了在《雄起日》(Humpday, 2009)和《姐妹情深》(Your Sister's Sister, 2011)中处理场景和表演的不同方法。

"很多人都说过：作为一个导演，我工作的95%都是在选角，找到那些能够胜任你要求的人，并创造那种让人感觉踏实的工作氛围。《雄起日》就是一个十页的剧本大纲，对白根本没有写。结构已经安排好了，我知道自己需要让每个场景发生什么——并不只是拍摄的时候再现编。然后，我只是打开摄影机，让演员找到他们的方式，这些场景就是这么完成的。最终的定稿是在剪辑室里完成的。用我们拍的镜头，你可以制作一百五十部不同的电影，因为他们给了我非常多不同的选择，有不同的节拍，不同的展开方式。不过在《姐妹情深》中，我其实写了大约七十页的对白，因为我缺少两名能即兴表演的资深演员——我有一个这样的资深演员，还有两个不习惯这种方式的演员，所以我希望他们有一个立足点。你可以称之为一个安全保障。这样，如果他们喜欢哪一句台词，当然可以随意使用。但我不希望他们紧抓着台词不放，或者严格按照场景的结构来演。"

闭门写作
场景练习

下面是一个场景写作的简短练习。你要写一个大约三页的场景。最好别超出这个限度,不过如果写长了,也没关系。回头看看有什么没用的可以删掉就行了。(这么说很抱歉,但没用的东西难免会有。)

以下是操作指南。

1. 你有两个人物,都想从对方那里得到一些东西。这个"东西"可以是一个物品、一些信息、一个道歉、某种形式的情感联系,或随便你想它是什么都行。

2. 你的人物彼此很了解。

3. 问问你自己,他们会如何应对挑战,不是抽象地谈论,而是具体去做,怎么从一个他们了解的人那里得到想要的东西。什么样的劝说方法会对他们有效?

4. 给自己三个场景节拍来推动争吵或讨论。

5. 确保你的场景中至少有一个人物从"正极"变成"负极",或者反过来也行。

6. 最后,有人赢了。也许他们都赢了。也许,赢意味着你一开始想要的东西不再想要了。

  7. 不能使用动作或暴力。没有枪战或追车。胜出者只能通过对白获得成功。

> 作为创作者，你不应该在没有上下文的情况下直接告诉我们某人的感受，你可以用行为和动作来表现。如果某个场景中，主人公目睹她弟弟死在了医院里，而下一个场景她在家里哭，观众会理解前后的关联；这时候才适合写一个行为说明，如"约瑟芬感到悲痛"。

法则 9:
划分电影段落

我们已经花时间讨论了单个场景,但场景通常要组合在一起运行来实现故事目标。段落的力量就是能用单个场景做不到的方式建立和加强你的故事。

在这一章,我们将探讨这种力量,以及故事节拍的力量。随之,我们将探讨你故事中所有节拍之间的节奏问题。

什么是段落

说白了,段落最简单的形式,就是一组场景合在一起,实现一个或多个故事目标。段落一般基于时间和(或)地点连接起来,从而达到戏剧统一性。还有一种情况,我们把电影分解成情节模块或节拍做规划时,也会涉及段落。有时候,这可以叫作给电影划分段落。我们将在本章讨论这两种情况,就从这个最基础的问题开始吧:段落是怎么运作的？

我们来看一个简单的、情节驱动的经典段落。一队英国突击队员正在攀登悬崖，要突袭山顶的纳粹高射炮台。现在你可以用几个镜头来表现：突击队员攀登；山顶的卫兵毫无察觉；突击队员到达山顶偷袭卫兵。你也可以安排一组更有戏剧性的段落，在不同的登山小分队（悬崖上的不同位置，场景就有了变化）之间切换，而悬崖顶上的德国士兵正徘徊于为进攻日运送伞兵的飞机之间。如果我们勇敢的突击队员行动失败，就会付出惨重代价。

能不能"正确"地讲出这部分故事，取决于你怎么来安排。让我们从两个角度来思考这个问题。一方面，你可能想为即将发生的战斗保留篇幅。这些人是突击队员，他们当然能登上悬崖。我们不需要为此浪费笔墨或银幕时间。另一方面，也许我们之前已经见证过这群人的突击训练。二等兵琼斯有点笨手笨脚，其他人担心他在攀登过程中会惹麻烦。他是不是可能摔一跤？他能顺利搞定吗？他最后会不会救了那个在攀登训练中成绩优异的家伙？就故事而言，这可能会揭示出重要的人物发展。其他人物也是如此。他们身处险情，我们十分关心，当然想看到更多细节。但也许，其中一个突击队员是个叛徒——想想动作惊悚片《血染雪山堡》（*Where Eagles Dare*, 1968）。我们知道出了个叛徒吗，还是说这会是个出乎我们意料的惊喜？我们是在等着看那个叛徒怎么通风报信吗？为了阻止他大喊大叫，一场搏斗是否会在攀登绳索上展开？谁知道呢，但这个版本的故事在攀登场景里加了很多戏。无论如何，它们都有助于形成故事节拍，或本身就包含了故事节拍。

段落和节拍

一个节拍的起点和落点（或呼应）之间，往往是要有变化发生的。我们之前说过的《世界尽头》中，盖瑞·金讲述了他年轻时未完成的串酒吧壮举。后来，他受鼓动要去完成它，这就是节拍的落点。不过，它的起点在盖瑞故事的开头。我们需要听到这个故事，然后在戒酒聚会上看到他当下的状况，才能理解他的动机。这个节拍段落包括闪回讲述、戒酒聚会上被人追问，以及他动心的那个瞬间。总的来看，这个段落本身就是一个故事节拍。有些节拍比其他节拍要长一些。在较长的故事节拍中，我们可能需要两个或更多的段落来大幅推进故事，比如当我们需要从多个角度看一些事情的时候。

节奏的难题

考虑故事节奏的问题，有两个重要的方法。第一个，是讲故事的时候设法控制时间。第二个，是通过划分段落体现节奏，或者把故事按照节拍拆分开。两个方法都很重要，不过我们主要来谈谈后者，因为这种方法会对你如何构建剧本产生重要影响。

在开始之前，让我们先花点时间，从控制场景时间的角度思考一下节奏的问题。当然，导演、摄影师和剪辑师都以各自的方式影响着故事节奏，覆盖镜头和拍摄内容都会影响剪辑的节奏，而所有这些，都是基于详细阅读剧本后做出的选择。

我们什么时候进入和离开场景，这样一个简单的选择就可以形成节奏。如果场景在一个特定的点上结束或发生转折，比如说落在一句台词上，那么问问自己，你需要多少伏笔和呼应才能让故事的某个时刻或某些时刻唤起观众共鸣。节奏比较快的剧本，会在场景的开头和结尾省略掉很多内容，直截了当进入正题，向前推进。节奏相对慢、更具反思性的故事，则可能会以更从容的节奏建立场景。

在法则8中，我们讨论了《谍影重重》里一个快节奏描写的例子。那只是编剧如何加快场景节奏的一个例子。与此相反的策略，是在场景中描写大量重要的细节动作，就像下面这个例子，出自人物主导的爱情片《远离赌城》（*Leaving Las Vegas*，1995）分镜剧本，编剧和导演是迈克·菲吉斯（Mike Figgis）。

内　本的酒吧 洛杉矶 – 早晨

酒吧里一片漆黑，但透过一扇小窗，我们看到外面阳光灿烂。酒保正在看《洛杉矶时报》。吧台表面是红色塑料材质。有五个顾客，都是单身男子。其中一个是本，他正坐在吧台前看电视。

电视正播出一个游戏节目，声音很吵。本喝完杯里的酒，一脸苦相，然后跟酒保说还想再来一杯。酒保给他倒了一杯蔓越莓威士忌——镜头向本推近，以一个特写结束。本喝下一大口酒，专注地看电视。我们听见电视里说，这是一个拼字游戏大奖赛。本暗自发笑。

尽管没发生什么事，这个场景却写了很多。这就是关键所在。我们耐心地看，渐渐融入了本喝酒的节奏中。作为一个有自杀倾向的酒鬼，他常常这么干。仅仅是这种节奏就表现出了人物形象。记住，如果你有丰满的人物，这种写法很有效，他们不用做什么就能唤起共鸣。但如果你只是随意乱写了满满几页，那是行不通的。

把握故事节拍的节奏

现在，让我们来谈谈故事节拍的节奏。在这本书里，我们使用的是一个简单的故事片结构模型。这个模型可以拆解为故事节拍，但并非所有节拍的长度都一样，每个故事中的节拍，重要程度也不尽相同。不同的故事会更重视不同的节拍，投入更多篇幅——也就是更多时长，之后投入更多资金来开发。因此，某部电影可能会跳过第一幕中的论争节拍，而另一部电影可能会加长这一节拍。

比如说在《冬天的骨头》里，对于建立起芮·多利寻找父亲时将面临的对抗力量，论争节拍至关重要。她从一座孤零零的房子走到另一座孤零零的房子，每一次都遭到拒绝，每一次都毫无结果。这个节拍是电影中最长的，经历了这一过程，我们就渐渐不再指望芮能得到什么帮助。

在《驯龙高手》中，最长的是第二幕初步进展的节拍。这个节拍持续了20多分钟，一方面是小嗝嗝与新伙伴无牙仔的相处，另一方面是展现他在村里进行战士训练的成果，这两边来回切换。男孩和龙之间的关系是这部电影的核心，我们有时间尽情地了解他们关系的进展。

这两个节奏的选择，对他们各自的故事都是有效的。不过，你的故事可能会把重点完全放在其他地方。每部电影都有各自处理节奏的方式。

线性发展

让我们继续遵循法则2中说过的故事节拍，把它拆分得更细。在一个典型的、线性的、目标驱动型故事中，看起来是这样的：

第一幕

背景说明

故事世界

这个节拍介绍了主人公，并将其置入他们的世界。

欲望

这个节拍阐明了主人公起始的目标和需求。

激发事件

在欲望节拍之前或之后，激发事件差不多发生了。

论争

犹疑

主人公看到了实现目标的困难，或者有人指出了这一点。

首次承诺

尽管如此，他们还是决定要尝试。但他们毫无准备。

第二幕

初步进展

B故事

出现了一个伸出援手的人物。此时的帮助可能看起来不像是帮助。

进展

在不承担重大风险或不学习新技能的情况下，主人公能走多远？

加大赌注

挑战

这时候，事情变得相当困难了，主人公被推向了……

决定

现在主人公面临一个真正的选择。要么就此止步，要么就再没有回头路了。

中点

主人公选择孤注一掷，承诺一定要实现他们的目标。

承诺

加速

承诺马上有了反馈，后果很严重。事情变得更难了……

援助

困难仍在加剧。但也许我们一路走来结识的朋友会伸出援手。

危机

危机

事情正处于最糟糕的状态。主人公面临极限挑战。此时，他们几乎不可能实现自己的目标。

揭示

或许大概是这样。经历一番危机后，主人公（在B故事人物的帮助下）有了清晰的目标。现在，他们明白了自己到底要做什么，或者说，他们已经准备好了。

第三幕

对抗

计划

将行动计划付诸实施。

反击

敌人阻挠计划，我们走向最终的对抗。

解决

解决

其中一方获胜，无论如何，电影的主题得以表现。这可能意味着主人公以某种方式实现了他们的目标。

共鸣

你的故事世界已然改变。可以给我们一点时间来感受和体会。

这个段落结构只是一种假设。除此之外还有其他的构思方式。你不遵循这个结构，我也不会报警。不过，要是你想写一部相对主流的电影，它可能是有用的参考。你会惊讶地发现，有那么多各种各样的电影都是严格按这种规划来的。

典范学习
威廉·戈德曼的十诫

《公主新娘》和《总统班底》(All the President's Men, 1976) 的编剧戈德曼，在他那本有趣的畅销书《银幕贸易历险记》(Adventures in the Screen Trade: A Personal View of Hollywood and Screenwriting) 里给编剧提出了十诫。

1. 不可从主人公手中夺走危机。
2. 不可让主人公过得很轻松。
3. 不可为了论述而论述。
4. 不可故弄玄虚一惊一乍。
5. 要尊重你的观众。
6. 要了解你的世界，正如上帝了解这个世界。
7. 若元素已然丰富，就不可再人为制造复杂难懂的局面。
8. 要探索不止，在故事的可能范围内，将人物带入最深层次的冲突。
9. 不可直来直去，想到什么说到什么——每句对白都要有言外之意。
10. 要反复修改。

为什么片段式的进展也是连贯的

这是一个很大的话题，但我们可以从一种常见电影叙事手法的使用说起，那就是闪回。闪回是利用过去的行为，来揭示对当下故事有意义的东西。通常情况下，我们在故事中使用闪回，是为了说明人物的动机和背景故事，或揭示事情的真相。如果用得恰到好处，闪回比拖沓的解释性对话要好很多，不过闪回很难用好，一旦滥用就会变成干扰和冗余，毫无魅力可言。

解说性闪回

编剧要相信观众能够从部分信息中推断出整个事实，因此，不要总想着用闪回。大卫·特罗蒂尔（David Trottier）——一名编剧，也是《编剧圣经》（*The Screenwriter's Bible*）的作者——关于闪回有一句提醒："如果读者不关心当下的事，我们就不用告诉读者过去的事。"很多情况下，我认为这是一个很好的建议——尽管你会在后面"框架叙述手法"中看到例外。

想要了解怎么用讲究的电影感以及自然流畅的叙事手法来写作和拍摄闪回场景，你可以看看黑泽明独具匠心的剧情片《罗生门》（*Rashomon*，1950），电影让多个不可靠的叙述者在法庭上展开陈述，我们以闪回的方式看到了这些陈述。还有《非常嫌疑犯》（*The Usual Suspects*，1995），电影用闪回的方式，围绕着金特口中真假难辨的故事——展开叙述。

尽管这些电影的叙述方式很复杂，有时候时序混乱、自相矛盾，但它们仍然符合经典电影的叙事套路。其中有一点就是：段落的连贯性。更具颠覆性的混乱时序电影，可以去看恐怖惊悚片《威尼斯疑魂》(*Don't Look Now*, 1973)，这部片子很不寻常，利用记忆、悲伤的非理性推动力，以及通灵预知未来的次要情节，营造出了神秘兮兮的悬疑感。

框架叙述手法

用过去的事件作为一部电影的开场，严格来说并不算是闪回倒叙，因为并没有"现在"——我们的当下人物还没出现。尽管如此，还是有必要一提，因为在故事的"现在"之前来一段开场事件，既能很好地了解过去，还能避免闪回带来干扰。当然，这种手法要慎用，因为我们对此早就司空见惯了。

如果这种框架叙述手法用得好，就可以像克里斯·马克（Chris Marker）才华横溢的科幻实验短片《堤》(*La Jetée*, 1962)那样，让电影的环形叙事引发深层次的共鸣。这部电影开场展示了一个人小时候看到的一场暴力事件。影片结尾揭示，这个事件正是目击者本人成年后的死亡现场。这是个关于时间旅行的反乌托邦故事。这个框架作为一个段落的完整封闭，赋予了故事一定的感染力。就在我们意识到有什么事即将重现（第一次发生）的时候，之前概述过的那件事再次发生了。大卫·韦伯·皮普尔斯（David Webb Peoples）为好莱坞基于这部短片改编的剧本《十二猴子》（*12 Monkeys*，1995）用的也是这种结构。

突围明星
昆汀·塔伦蒂诺谈结构和叙事

昆汀·塔伦蒂现在是个大人物,不过,下面是他1994年接受《电影评论》采访时说的,回顾了自己第一批开发出来的剧本的故事结构:

"如果你把故事分成三幕,它们的结构都是这样的:在第一幕,观众根本不明白发生了什么,他们只是在了解人物。人物知道的信息比观众多得多。到了第二幕,你开始追上来,与人物打成平手。然后是第三幕,你现在知道的比人物知道的多得多了,你遥遥领先。这就是《真实罗曼史》(*True Romance*,1993)的结构,你完全可以把它用在《落水狗》上。在第一部分,橙先生射杀金先生之前,人物对事情的了解远比你多——而且他们的信息是相互矛盾的。接下来,橙先生的段落展开,这是一个很好的平衡……在第三部分,当你回到仓库观看高潮部分的时候,你完全领先了,比所有人知道得都多。"

闭门写作
段落划分练习

在这个练习中，你要写出包含了背景说明这个节拍的段落。练习分为两部分：步骤A和步骤B。如果你手里的剧本项目已经有了大纲，直接进入步骤B。

步骤A：在剧本大纲中，用直截了当的线性方式描绘出电影的开场段落。你的大纲将为主人公建立背景，揭示他们所处的世界，并说明他们的目标和需求。你将带着我们了解故事世界的关键事件和画面，以及欲望节拍，这样一来，读完这段大纲，观众就掌握了追随故事的必要信息。在这些故事节拍中间，或结尾的地方，你应该加入一个适当的激发事件。

下面是一份你可能需要处理的事项清单：

1. 电影发生在什么地点和时间？
2. 你的主人公是谁，他们是做什么的？
3. 主人公有哪些主要的社会关系和职业关系？
4. 主人公觉得自己过得怎么样，你要如何表现这一点？
5. 主人公最缺的是什么？

6.激发事件如何推动主人公去追求目标或满足需求？或者说，激发事件如何向主人公提出挑战，让他们用某种方式探索自己的需求？

步骤B：做完步骤A之后想一想，如果用非线性的方法，故事可能会以怎样不同的方式展开？你依然要解决相同的问题，所以说之前做的很多事并没有白干。下面是一些展开故事的不同方式，选其中一些试一试，或者全部都试试。把它们全都放进同一个开场节拍里，或者分别多试几个版本。

1.以过去的事件作为序幕或框架开始你的电影，为当下即将发生的故事建立一个背景。

2.写一个或多个闪回，哪怕你不确定这是否适合自己的故事，就当是一回试验。

3.试试用拼贴的形式整合过去、现在乃至未来的事件，不要按照严格的叙述逻辑排序，去跟随记忆和意识。这种新的顺序如何影响了你的讲述？

> 考虑故事节奏的问题,有两个重要的方法。第一个,是讲故事的时候设法控制时间。第二个,是通过划分段落体现节奏,或者把故事按照节拍拆分开。

法则 10：

对白要有目的

好台词是好电影的点睛之笔，其魅力可以超越时代。

在大众想象中，有些著名台词甚至代表了整部电影。比如《终结者》中的"我会回来的（I'll be back）"，或《公民凯恩》（*Citizen Kane*，1941）中的"玫瑰花蕾（Rosebud）"。

对于这些家喻户晓的电影和人物，似乎是一种讽刺：银幕上大部分重要的对白都不会广为流传，因为它太平实普通，不会引起多少注意。这些平实的对白支撑着故事的发展，而不是引导故事。我的意思是，对白就应该这样，简简单单，却支撑起了故事。

好的对白出自人物之口，来自需求和情境。如果你的对白支撑和推动了故事，而观众并没有"出戏"去留意它，那么说明你这个编剧干得不错。

好的对白，并不是让人物像现实生活中那样说话。强有力的对白指的是人物带着目的说话——要话里有话，对自己的目标和策略有影响。

从研究入手

每个人物都是独一无二的，但大多数人的语言模式都会暴露他们的出身、阶层、教育水平、职业背景、性别和种族。我们说话的方式和我们的用词——或者不用的词——会暴露我们的情况，这和我们实际说了什么无关。如果你要写一个来自亚拉巴马州莫比尔市的人物，他们从小会用一种特殊的方式讲英语，这和在英国伦敦长大的人，或在拉脱维亚高中学过英语的人不一样。

人们的语言和表达模式源自他们的家庭、朋友圈和工作的地方。警察说话可能会用"黑话"或简称，但纽约警察和洛杉矶警察说起话来并不完全一样。有一些语言模式是大家共有的，而另一些则是大致共通，却各有各的差异。不是每个伦敦人或拉脱维亚人都用一种方式说话——无论是莎士比亚时代的伦敦人，还是2525年的伦敦人。

如果你需要写得很确切，就去做研究。如果没法研究，比如你的故事设定在2525年，那么就把语言模式和词汇当作一种逻辑组成部分，整合到你创造的故事世界中去。

塑造个性

如果你确信足够了解某种类型和出身的人物怎么说

话，那接下来要做的，就是让他们听起来是个独一无二的人。你的主人公可能是一名消防员，但是，他成长于自己那个独一无二的家庭。做消防员之前他当过矿工——这段经历赋予他一种不同的特性。他是一个业余诗人……他是一个来自肯尼亚的移民……他性格开朗，有点爱开玩笑。所有这些层面的东西，都能让你写出特别的个性。

集体不等于每个人都一样

让我们进一步探讨如何写出人物的个性。我打赌，你和学校的小伙伴之间有一些共同的俚语"黑话"，但每个人讲出来却又不尽相同。群体会统一表达方式——他们觉得既然大家是一个整体，就要同气同声。不过你也可以表现出自己的个性。

大家谁的口音最重？为什么？谁说话最爱用流行语？为什么？如果你了解你的人物——如果你给了他们背景故事、目标、愿望和需求——那么这些问题你差不多已经有答案了。

下面这个例子，说的是一群人开玩笑，出自《异形2》。殖民地的海军陆战队员从长久的太空沉睡中醒来，开始发牢骚。当兵的都这样。这部科幻电影的对白让我们意识到，自己早就习惯了士兵（在电影里）应该怎么说话。一伙人会各自表现出不同的特点，但这个场景要说明的是如何形成一个群体的说话风格。

呻吟声在室内回荡。

史邦克梅尔

啊啊啊。我太老了，不能再这样下去了。

史邦克梅尔这话说得很认真，虽然他肯定是个不久前才入伍的娃娃兵。德雷克坐了起来，看上去很暴躁。他也年纪不大，但很壮实。吓人的伤疤把他的嘴扯出一个冷笑的表情。

德雷克

这活儿他们给的工钱太少了。

迪特里希

还不够让你睡上一觉，德雷克。

德雷克

空气糟透了。嘿，希克斯……你看起来跟我一样郁闷。

典范学习
沙恩·布莱克谈对白写作

我们已经知道，写对白不是把"大家在说话"写下来。现实生活中，我们的对话往往漫无边际，不连贯，喃喃自语，犹豫不决。在真实的对话中，到处都是"嗯"这个词。《致命武器》(*Lethal Weapon*, 1987) 和《钢铁侠3》(*Iron Man 3*, 2013) 的编剧沙恩·布莱克 (Shane Black) 这样解释真实对话和好莱坞电影对白的区别：

"你不能按照人们在现实生活中说话的方式去写。你必须写出他们在电影中的谈话方式，并让它听起来像是真实的生活……它略微超出现实一些。我做的就是尽量让它有风格，这样才能更有趣，更生动。电影对白比现实谈话激烈那么一点点。"

打破常规

电影里总有人在说话。当然，在有声电影诞生之前，我们听不到他们在说什么。声音带来了新的风格和新的类型，尤其是音乐片。声音改变了所有电影讲故事的节奏和平衡。声音还让文学创作者有机会把对话技巧运用在电影制作上。

在某些方面，经典的好莱坞对白摆脱了来自记者、小说家和戏剧作家等各种文学方面的影响，形成了自己的风格——简洁、精练、流畅，最重要的是，不同类型各有风格。人们在惊悚片中的说话方式与在西部片或喜剧片中不一样。如今，地区和阶级差异在对白中也有体现，早期有声电影确立的对白传统沿用到了现在。

20世纪六七十年代，在方法演技和欧洲电影新形式（特别是法国新浪潮）的影响下，经典的光环不再。美国电影的对白进一步变得口语和非正式，甚至都变得不怎么连贯了（感谢马龙·白兰度[Marlon Brando]）。与此同时，新的录音方法影响了对白在后期混音中的效果。例如罗伯特·奥尔特曼（Robert Altman）率先使用了无线麦克风，从那之后，效果"逼真"、叠化交织的对白越来越普及。

后来，独立电影中出现了新的对白风格。这个领域允许编剧创新台词的风格。比如说，你可以在科恩兄弟的大部分电影里发现怪异新颖的说话方式，他们把正式语和非正式语结合起来，在口语对白中使用浮夸的、装模作样的词汇，还使用了一些其他技巧。

突围明星
安德鲁·海格谈走位

虽然这里讨论的是对白,但我认为有必要听听《周末时光》(Weekend, 2011)和《45周年》(45 Years, 2015)的编剧、导演安德鲁·海格(Andrew Haigh)的建议,作为补充学习。下面的内容出自加拿大电影戏剧评论网站Seventh Row。海格谈道,肢体行为和表演——或者说走位——是一种非常重要的沟通方式。

"对我而言,最重要的是走位。我处理一个场景时,首先想到的就是走位。尤其是,如果你不剪辑,拍长镜头,就必须弄清楚摄影机和人物之间的关系。你必须让镜头展开,让它感觉上有一种进展。因此走位必不可少。你不能在拍摄当天一次全搞定,必须事先考虑各种问题。我花了很多时间,想搞清楚查理是怎么走进这个房间的,他走到冰箱旁边,走到桌子旁边,他怎么和女朋友说话,以及父亲从哪里出来,他们要怎么坐下来。拍任何形式的长镜头,你都必须考虑这些事。我喜欢看人们待在一个空间里,以及他们如何应对自己所处之处,也就是说他们会怎么适应或拥抱那个空间。因此可以说,走位对人物影响相当大。"

避免常见误区

过于直截了当的对白，或是完完全全写出人物想表达的意思，没有任何潜台词，这就是编剧常说的"写在鼻子上"（writing on the nose）。"写在鼻子上"的对白告诉我们的是已经了解的事，显得多此一举。另外，这种对白还会让人觉得过于简单和无法满足。毕竟人会常常出于各种原因，对自己真正的想法和感受遮遮掩掩。在很多社会和职业情境下，真实表达感受可能是可怕的、麻烦的、尴尬的、不合时宜的，或者说是没有必要的。

不过，"写在鼻子上"的话有时会是最恰当，也是最重要的表达方式。想想这三个字："我爱你"。这可以是你说过最滥俗的话，也可以是你说过最动人的话——取决于当时是什么情境。但也许我们更想要的是在卡梅伦·克罗（Cameron Crowe）《情到深处》（*Say Anything*，1989）中看到的那种表白：约翰·库萨克（John Cusack）站在窗外，高举着录音机播放《在你眼中》（*In Your Eyes*）。这首歌的歌词代替了对白，让人心有戚戚，因为这对恋人共同度过的第一个夜晚时播放的就是它，基于你对彼得·盖布瑞尔（Peter Gabriel）的理解[①]，人物无论开口说什么，恐怕都不如举起录音机来得更加传神更加有力。

[①] 彼得·盖布瑞尔是英国摇滚歌手，《在你眼中》出自他1986年的个人专辑。这首歌的词曲作者也是他。

我们能向无声电影学习什么

两个人物相遇，需要说话吗？答案往往是"需要"，但也不一定总是需要。想象一下，一对恋人在乡间漫步，此时无声胜有声——两个人自在相随，完全没有必要用闲聊来填补沉默。再想象一下可怕的相遇场景，比如英格玛·伯格曼（Ingmar Bergman）的《处女泉》（*The Virgin Spring*，1960）里，那一段长久而缓慢的复仇场景。陶尔找到强奸和杀害女儿的牧羊人，一言不发地杀掉了他们。马克斯·冯·叙多夫（Max von Sydow）用表演传达出了全部感受，直到复仇完成，怒火烧尽，都不需要任何对白。

这让我们看到了一个关键之处：有时候，最好的对白就是没有对白。有时候，场景中最生动的人物是不说话的那个。想想汤姆·哈金，《教父》（*The Godfather*，1972）里那个军师。他经常出现，而且很可能是房间里最有头脑的人物——特别是当教父的儿子桑尼犯傻的时候——可是，只要没人问他，他绝不发言。我们也不是猜不到他在想些什么。罗伯特·杜瓦尔（Robert Duvall）是个好演员，他微妙的反应——包括轻描淡写的视线转移——非常传神生动。

电影是视觉媒介，你必须要用画面代替语言表达。明白了这一点，你就可以回答下面这些问题了：

· 不说话的人物，对别人的话有什么反应？
· 如果不用对话，还可以如何来表现？
· 如何用表情或小动作代替一句台词？

闭门写作
对白练习

下面是三个简单的练习，训练和测试一下写对白的技巧。

抄录。这是一个快速的预备练习。把两个人的真实对话录下来（要征得他们同意），然后誊写出来。要留意所有的开始、停顿、重复、犹豫和转折，以及情绪激动的时刻。这和电影对白不一样，但或许有一些是人物采取的策略，还有一些可能表现出了腔调和风格。

拖延。这个练习是在情境中加入冲突。写一个简短的场景，人物需要争取更多时间，所以他们在（创造性地）拖延。搞清楚他们拖延的原因，提供至少三种不同的策略，让他们不用直接说出自己需要时间。也要给其他人物适合的需求——他们想得到什么？给他们三种可以达到目的的策略。现在你的人物有了需求和策略。如果他们开始行动，精彩的戏剧冲突就开始了。

沉默的力量。写一个两页长的场景，要包含两个人物。他们都需要对方的什么东西，但只让其中一人说话。不说话的那个人该怎么做，才能实现自己的场景目标？

> 过于直截了当的对白，或是完完全全写出人物想表达的意思，没有任何潜台词，这就是编剧常说的"写在鼻子上"。"写在鼻子上"的对白告诉我们的是已经了解的事，显得多此一举。

法则 11：

完成你的初稿

　　为了拖延任务，你读多少书和剧本都可以。但是，如果你想成为编剧，就必须遵守这条铁律一般的法则：完成你的初稿。

　　解锁能助你完成剧本初稿的工具，这是你的工作——买这本书时你自己说的。通过前面十章，我们已经深入了解了剧本的写作方法。现在，我们要用这些方法来完成你的初稿了。

　　正如许多编剧原理说的那样，写剧本的方法并没有对错之分。这个编剧的好方法，可能会给那个编剧帮倒忙。这一章要讲的其实是如何应对你自己面临的阻力，哄着自己把剧本写完。我们先从一些更高层面的策略入手，把初稿写出来，然后列一个秘诀清单，让你在写不出来的时候拿来参考。

遵循大纲,并完善它

保持创作不偏离方向,关键在于密切关注你的故事和剧本大纲。如果什么东西和大纲有出入,或者眼看就要偏离大纲了,这时你需要做出明智的判断。我要停下来吗?我要按照变化写吗?请相信我,这是写作时你必须要做的选择。

不管事先你的故事计划得多完善。也不管你的大纲有多严密。一旦动手写,新想法就会冒出来。你会用一种预想不到的方式写出场景的转折,并引出新的次情节,或让人物面临新的选择。在大纲里,主人公的男朋友形象不怎么丰满,原因你知道,他只不过是扮演了男朋友的角色而已。此时他却突然生动起来,就因为你开始给他写对白了。也许他需要发挥更重要的功能。诸如此类的情况非常多。这是好事,属于正常现象,只是别让它把你带得太远了——除非它真的提供了讲故事的新灵感,然后你要做的就是:回到大纲吧!

现实就是这样,如果你有剧本大纲,就会知道主要的场景往何处发展,也有可能知道次要的场景如何发展。你会知道故事的节拍和段落中发生了什么,知道它们如何支撑起主人公的成长弧线,或如何朝着目标发展。如果你知道这一切——或者至少有一个暂定的版本——那么确实应该能写到最后。如果你不知道,就需要修改剧本大纲了。

倾听你的人物

处理人物有点像遛一只精力旺盛的狗。要允许他们牵着你走,但要始终把他们拴在绳子上。(如果你不想再跟着狗跑,剧本大纲就是你的绳子。)你的"人物之狗"会拉着你跑到有趣的方向,发现新天地——是的,我们认定了这个比喻——但不要让他们挣脱绳子,否则他们可能会带着你的故事掉进下水道或钻到卡车底下。

如果这是你第一次写剧本,接下来的说法可能显得很奇怪。不过,如果你是创意写作的老手,你会很明白我在说什么:你的人物会跟你说话。

真的会这样。他们会在你脑海中吵闹,告诉你他们会按故事要求的那样去做,但也可能不会。你越是了解他们,写对话时就越能听到他们在用自己的声音说话。他们不一定总会开口说话,但等你听到他们说话就会知道了。有时候你会很清楚地知道,自己在让他们说一些与性情不符的话,因为那种台词用他们说话的方式根本讲不出来。

边写边修改

我一天的写作,是从阅读开始的。读的时候我就会修改,但会自我克制,适度地修改。修改一些小地方——这里的一句话,那里的一个描述——如果这能让你进入创作状态,那就非常好。我把这当作"哄自己的方式",便于开始一天的写作。当我修改到空白页时,就已经在写了,于是我就……继续写。如果用这个方法,你要注意别陷入了无休无止的重写,要有实质的进展。

一般来说,写剧本时进行重大的结构性修改不是太明智。如果你写到一个地方确实写不通了,那么就要考虑先回头修改剧本大纲。

写出第一幕,然后写结局

从前提到结论,然后再填补中间,这个方法可以测试你的故事。只要写出了第一幕的草稿,你就已经把故事全部重要的内容设定好了。

这意味着,你已经建立了故事世界。你已经把主人公置于故事世界的情感和戏剧冲突之中,建立了他们的愿望、需求和目标。你介绍了对抗力量,并在情节上有所体现,通常表现为一个人物。你已经为主人公初步建立了支持网络。你写下了一个激发事件,推动故事步入了正轨。通过表现主人公的犹豫不前和满怀忧虑,你强调了挑战有多么艰巨。你已经为故事的展开打下了基础。

这可是一大堆编剧活。这是重要的路标,会很有帮助。如果你从这里直接跳到第三幕,结局可能已经很明确了。写结局可以测试你的故事前提是不是行得通。那么,为什么不马上就动手写呢?如果这样做太难——如果你需要确切地找到第二幕的感觉,才能写出第三幕——那也没关系,请无视这个建议。

试试一气呵成

从你现在的地方开始，全速冲刺到剧本最后一个字，一气呵成写完初稿。不要停笔。不要回读。不要修改。就连语法和句式都别改。哪怕有地方确实弄错了，让你懊恼万分，也不要改。化怒火为动力，写完它，因为只有先写出来，你才能有东西可改。再说一次，如果你编剧经验相对较少，可以优先试试这一招。如果行不通，当然可以再换其他方法。

话虽如此，要想轻松地一气呵成，你得事先把准备做充分。我知道我又在啰唆了，但是——要先写出剧本大纲，重要的事情说三遍。如果你不相信我的话，可以看看《萤火虫》的编剧和导演乔斯·韦登（Joss Whedon）是怎么做创作准备的：

"做结构意味着知道你要往哪儿走，确保自己不是漫无目的地瞎晃悠。有一些好电影确实是'漫无目的'的人做出来的，像泰伦斯·马力克（Terrence Malick）和罗伯特·奥尔特曼，但是现在这么干不太行得通，我不建议。我是个结构狂。我是真的会做图表的。什么地方有笑点？惊悚呢？爱情呢？什么事会在什么时候发生，哪个角色会知道，什么时候知道？你需要这些东西在恰当的时候发生，这就是做结构的重点所在：你希望你的观众如何去感受。图表、曲线、彩笔，任何能避免你迷失的东西都有用。"

写不动时的秘诀清单

培养写作习惯。不想写的时候，要试着形成习惯。如果可以，每天都写。当然，"写"可以有很多种意思。它可以是写了几页。也可以是研究了一些东西，留着以后写作时用。它还可以是在咖啡馆做笔记，或看了一部能启发你的电影。或许，你可以想想如何从中"偷"点东西，解决自己遇到的问题。遇到创作瓶颈或不堪承受自己的高标准时，多想想手头例行的工作，别去想结果如何。

每次只写一点。写完一页就是进步。写出一个更长的场景就是更大的进步。俗话说得好——聚沙成塔，集腋成裘。我说的就是这个意思。如果写标题页时就想到自己还需要写一百二十页，那就有点吓人了。然而，如果你专注于可实现的目标，恐惧就会自行退散。当然它永远不会彻底消失，有那么一点点恐惧也不是坏事。

设立中间目标。这是上面一段的补充。场景组成段落，段落形成节拍，而节拍会构成幕。给自己一个截稿日期：用多少天写出多少剧本。如果你第一个期限结束了你还没写完，不要失望，调整目标就行了。摸清楚每天的自我期望，是需要花上一段时间的。不要对自己那么不近人情。要知道，故事中有些部分可能比其他部分更难写，有些情节会比其他更长。灵活地安排，但要不断向前推进。

每日收工前启动新场景。我发誓，这一招非常管用。比方说，你写完了一个场景，即将结束今天的工作，觉得很有成就感。对，你确确实实写完了，真了不起。你要写的场景又少了一个——也许你写了两个场景，或者更多。这很好。这时先别急着窝进沙发里逗狗和吃零食，最好的庆祝方式是开始下一个场景。写下你的场景说明。开始描述。写几句可能的对白。大致写写第一个场景节拍，怎么样？给自己写几句提示："谢尔比要求离婚"，或"杰罗姆跟莉迪亚说了火腿三明治的事"，再或者"记住，维罗妮卡背着杰弗里喂他的仓鼠，不能让他知道"，或随便什么其他的。到了第二天，你可以从这些提示着手，马上就能进入状态。

不一定要按顺序写场景或片段。如果你为一个快要写到的大场景感到焦虑，想知道该怎么写才奏效，那就写出来吧。如果你需要了解一些事的发生经过，才能安排其展开的方式，那就写出来吧。这就是提前写作，跟前面我们讲过的"先写结局"相比，这算不上什么。

有重大变动时，别急着往下写，先修改大纲。在一气呵成的方法里，这是个例外，极其重要。微小的变动没关系，但是如果你有了灵感，或者认为自己找到了重要人物或情节问题更好的处理方案，那么就把新方案写进剧本大纲，看看是否行得通，趁剧本还没写太多，改变计划从头再来。

要允许自己不完美。不管你是多么优秀的编剧，初稿都不可能完美。特别是对白，特别是你在第一幕里写出的对白，在你真正找到大多数人物自己的腔调之前，不可能写得很完美。没什么关系。任何编剧都会在初稿里写出粗糙的对白。关键在于，要让每个场景发挥故事结构上的功能，其中包括让对白发挥其作用。反正你之后会修改润色所有内容。下面是乔斯·韦登说的——我是不是说过他是《萤火虫》的编剧和导演？反正，关于初稿追求完美主义，他是这么说的："我有很多朋友写出剧本的三分之二，然后一直重写，写了差不多三年……就算初稿不完美，就算你知道不得不回去重写，那也要写到最后一个字。你必须要有一个小小的'了结'。"

不要向自我怀疑投降。写作的过程中你会自我怀疑，频繁而且深刻地自我怀疑。这令人烦躁、愤怒和沮丧，这也完全正常。每个作家都会怀疑自己的作品，甚至是那些伟大的作家。只有一个人除外，但我们讨厌那个家伙，不是吗？另外，那家伙没说实话。

如果你的初稿写长了，不用焦虑。这也完全正常。第一稿写超了，而不是写少了，这更常见。如果你计划写100到110页，而初稿写了130页，不会世界末日。所谓修改，就是改一半删一半，所以字数是会减少很多的。

闭门写作
初稿写作练习

这个练习要做的是，开启一个初稿写作计划，并坚持写下去。按照下面四个步骤来完成你的初稿吧。（记住，从这里开始，我们就走向修改阶段了。）

第一步：把写作中的所有任务列出一个清单。除了要有写场景，还要包括做研究、做笔记、写人物背景故事等等。列个清单后打印出来，确保你每天都要做一件事，或者干几件事。

第二步：制定一个写作时间表。如果你能安排每天相同的时间段来写作，这一步就可以免了。如果你的生活太过复杂——就像我一样——那就拿出日历，把不会被其他事占用的时间预订上吧。

第三步：设定中期截稿时间。制定各场景、段落、节拍和幕的写作时间表，并分别设定截稿日期。之后你可能会调整，但现在你必须有个努力的目标。

第四步：计划好如何犒劳自己。我是认真的。确定好初稿完成后你会得到什么奖励。买一瓶好酒。出去大餐一顿。出门旅行。看看朋友。冰激凌管饱。到底要什么，由你说了算——只要能确保它真的会让你开心，一定要等初稿写完了再奖励啊。

现在，越过障碍，开始写吧。

> 保持创作不偏离方向，关键在于密切关注你的故事和剧本大纲。如果什么东西和大纲有出入，或者眼看就要偏离大纲了，这时你需要做出明智的判断。我要停下来吗？

法则 12：

修改，再修改

恭喜你！你写完了故事最后一个字。现在，工作开始了。

对于刚写完结尾的你来说，我首先要说的事情听起来可能让人失望：你还没有一个真正的初稿。在你宣称完成初稿并打算做一些真正的修改之前，还有很多事情要处理，不能偷懒。让我们快速把它们列出来，快点搞定。你知道编剧软件中的查找/替换功能在哪儿吗？如果不知道，现在可以学一下了。

初步修改任务分为两部分。第一部分差不多都是技术活儿，第二部分则需要更多创作思维。

技术方面的检查

第二稿是改写，要完成的任务就像是干家务活。干家务活不会让你的厨房里多出一座小岛，但会进行清洗和打扫，让厨房焕然一新。我表达清楚了吗？也许吧……重点在于这些任务非常重要，它们会使你的初稿看起来（更重要的是读起来）感觉浑然一体，而不是怪怪的，像从各种自相矛盾的灵感和灵机一动的坏点子中脱胎而来的科学怪人。

检查错别字和语法

这是明摆着要做的事。回过头通读剧本，改掉所有拼写错误和拧巴的句式，那是你疯狂敲击键盘的产物。不用觉得尴尬，这种错误谁都会犯。我刚才把"尴尬"打成了"刚嘎"，现在又打错一回，文档拼写检查功能表示很失望。偶尔打错字没关系，谁也不是完美的。只是，不要犯懒，如果你给我看剧本，前两页就有好多错别字，我就会得出结论，要么你不会写，要么你很懒，根本不尊重我这个读者。这两个结论都对你没好处。

检查剧本格式

同样，剧本格式也要检查。你不一定非要完美，也不用非要显得平平无奇。你可以有创意地突破一些格式规则，展示出自己的风格。但是，如果我看不懂你场景中写的行动，还要浪费时间去搞清楚为什么你的剧本能如此混乱，那我就会很快对你失去耐心。所以，要让你的剧本格式整洁清晰。

确保前后一致

人物的名字变了吗？他们的性别变了吗？年龄变了吗？第二幕中间你是不是给一个地点换了名字，或者改了反派的军衔？写剧本的时候，很多内容会变来变去，一会儿这样一会儿那样。有些是小事，有些是非常大的事，但都要保持前后一致。通篇梳理一下，确保你已经把它们都统一了。我告诉过你查找/替换功能很重要，对吧？

确保"要展现，不要说明"

还记得这句基本的编剧座右铭吗？"要展现，不要说明"，剧本中难免会有些地方做不到这一点，你稍一不留神，问题就已经出现了。谁都免不了。所以你可以问问自己是否打破了这一条法则，即：我们无法仅仅通过描述，就能了解人物在想什么。

创作方面的检查

做完了技术方面的检查，我们再来通读几遍，看看如何让对白和行动描写尽量保证高效，并保持统一。同样的道理，创作方面的检查也不是完全重写。你不是在对故事结构、人物发展或场景、段落顺序做重大改动。相反，你是在追求更精练的叙述——如何用更少的字说出更多的话——并确保你的人物从头到尾听上去是同一个人。

精简描述

这一步，你要检查剧本中的每一段行动描述，问问自己是否写过头了。我们已经讨论过如何写行动，你可以参照那些准则来检查。

检查每个场景，问自己以下问题：

我是否可以用更少的字说出同样的内容，还能保持生动传神？

如果有大段的描述，我是否能拆分成一幅幅想象的画面，并在同等篇幅中使用更多留白？

我是否在行动描述和对白当中写了重复的信息？

理想的最终结果是场景生动有力，可能没删减多少，但通过精简字句和更多地留白，剧本变得更流畅易读了。虽说不用太多删减，但还是可以教你一手，仅此一招就可能让剧本删掉至少10页，那就是：不停地删。

编辑对白

我们在法则10中说过，对人物了解越深入，越知道对白怎么写。这一步要做的，就是检查你自己是否对人物有了更多的理解。

可以依照下面这些问题进行检查：

人物在故事开始时怎么说话？

他们在故事结尾时怎么说话？

如果前后有明显差异，问问自己：这种差异是人物变化自然形成的，还是因为我写得太随意造成的？如果是后者，那你就得修改了。

把上面这些问题处理完，你就有了正式的初稿。接下来，可以开始修改了。

"检修"剧本

修改是一个很大的话题，我们在这里能做的，就是提供一些惯常的做法和经验。

首先，保存每个版本

开始修改之前，先保存剧本的原始版本。你需要每稿都有一个整洁的版本，这样就能回头对照。也有可能，你更喜欢原始版本里的一个场景或几句话，说不定什么时候就想再改回去。给修改稿加上日期和编号，方便将来找到你想要的东西。

然后，逐个解决问题

每次修改都要有明确的目标。就像我们前面介绍过的技术检查，要有个唯一的目标。你要做大量的修改工作，最好能提前计划和明确目标。从一个问题开始，努力解决它，然后再改下一个。

如果你觉得剧本没有处理好主人公和导师的关系，高潮部分需要加强，而且你觉得第51页到57页写得拖沓，一个一个记下来，然后逐个解决。当然，有时——很多时候——问题是重叠的，不过这个原则同样适用。

常见问题

剧本问题常见于情节、人物或故事概念，或它们的某种组合。写大纲的时候，你觉得事情都行得通，可是现在……不是那么回事了。针对这三种问题，下面是一些简明的处理方式。

情节和故事问题

情节和故事方面会有许多潜在的问题，这里说三个常见的。这三个问题很关键，因为它们对故事其他部分影响很大。

是激发事件的问题吗？也许，你的故事需要一个新颖的，或更强有力的方式开始。你的事件是否确立并引导了目标、需求和愿望？如果没有，那就加强，或者换一个。

是第二幕的问题吗？提示：一般来说，是的。你的故事开场不错，但接下来就卡住了。是不是太被动了？加强对抗力量，让你的人物处境更困难。中间点的地方，这场游戏是否起了变化？如果没有，那就加强。危机果真算得上是一场危机吗——主人公会再也无路可退吗？如果不是……好吧，你知道该怎么做，加强它。

是高潮部分的问题吗？高潮是否有效地揭示了故事主题，并表现了主人公的转变弧光？高潮足够使人兴奋吗？或是否戏剧张力十足，令人满足？电影里的世界是否因你讲述的故事发生了重大或微妙的变化？如果没有，那第三幕需要改改。

人物问题

如果人物行事不对头，或者看起来前后不一致，可能因为是你让他们做了不想做的事。你创造了他们，你为他们设立了行为规范。这意味着，你可以改变规范。分歧出现时，要么你是对的，你需要改变人物来适应故事；要么他们是对的，你需要改变故事来适应人物。不管哪种情况，你都需要回到大纲和第一幕，重新考虑一下他们的转变弧线。

故事概念问题

故事不可能面面俱到，也不可能什么都表达——至少120页内不可能。常见的问题是，编剧希望故事能够承载大量的象征，而故事确实做不到。还记得"不停地删"这一招吗？初稿完成后，剧本常常需要一些概念上的修剪。你之前想把所有东西都塞进去，不过现在你得删掉一堆。问问自己：什么是核心的，什么是次要的？正如编剧界的谚语：杀掉你的孩子。

> **典范学习**
> 约翰·奥古斯特谈修改
>
> 关于剧本的修改方法，美国编剧约翰·奥古斯特在博客上说过和我类似的建议。他还建议把剧本打印出来修改。这方法对我很重要，因为确实如此。在打印稿上，我总会注意到一些屏幕上注意不到的问题。
>
> "很多人修改剧本的最大问题，是从第一页开始，这可能是剧本中写得最好的一页了。你一边写一边改，一页接着一页，调整逗号的位置，自我感觉良好——完全忘了你为什么要修改。相反，你不要去想页数和字数，而要专注于修改的目标。你是否想加强海伦和奇普之间的竞争？翻一翻剧本——真正的，打印出来的剧本，而不是屏幕上的——找到海伦和奇普的场景。弄清楚在这些场景里做哪些调整，可以达到你的目标。然后，看看还有没有其他场景有助于你的想法。在纸上随手写下来。划掉没用的台词。写下新的。接着是下一个目标，再下一个。"

协作者、顾问和专业读者可以做什么

编剧经常觉得自己在演独角戏,其实,编剧是为大量观众写的。知道了这一点,你就可以找到自己的测试读者,在写作和修改过程中帮到你。跟下面这些人合作,可以让你的剧本变得更好。

协作者

许多伟大的编剧和团队一起工作。如果能找到理解你的人,而且你们技能互补,他们就是潜在的协作者。务必要注意,因为联合创作有很多陷阱。和一个人是好朋友,不等于适合联合创作。实际上,联合创作很考验友谊,甚至会毁掉友谊。

如果你正在考虑和另一个人协作,建议先拿一个小项目,或大项目中的一个小步骤来测试。在事情变得过于复杂前,给自己退出的机会。如果真的找到了协作对象,记得要拟定并签署一份《编剧合作协议》(Writer's Collaboration Agreement)。这是一份简单的法律文件,规定各自的分工和权益。你可以在网上找到模板,几乎是现成的。记得存好自己那份协议副本。

顾问

你认识能给剧本提出靠谱建议的人吗?你有家人、朋友或老师在影视行业有人脉吗?如果有,那么现在可以联系他们了，只要你们是真的彼此认识，而不仅仅是短暂的职业往来。

一个警告：如果你是个制片助理（或做类似工作），现在刚认识了一个制片人，那么这个阶段不要请他们看你的剧本。除非他们主动要求。不过他们不会的。至少在更了解和尊重你之前，他们不会的。

同样，谨慎加入编剧圈子。不同群体，各有各的不同。有的深具毒性，令人不爽，或者是无害也无用。不过，如果你能找到一个合适的圈子，能从不同声音和观点中获得有价值的反馈，那么这个群体就极有价值。在此给你一个建议：冷血一点，一旦这个群体对你无益，马上退出。进入圈子首先是一项职业行为，而不是社交行为。只要你们能彼此提供有益的建议，圈子的人都值得你尊重，他们的工作也值得你关注。

专业读者

这不是个强行要求，但你可以考虑聘请一位专业剧本读者给剧本一些反馈。一般来说，这种反馈会有详细的标注，或者给你提交一份报告，其中包括优点、缺点及改进建议。请专业读者的好处是，你能得到那种行业机构、制片人或电影公司才会给出的说明与回应。换句话说，那种可以预想到的主流回应。如果你写的不是主流电影，那请慎重考虑这种评估是否适用。

何时聘请专业剧本读者

选择一：第一稿完成后。如果你已经完成了一稿——包括做了所有的检查、编辑了对白、精简了描述，而且已经厘清了结构，理顺了弧线和节拍——剧本就可以给人看了。如果这是你第一个完成的剧本，专业评估可能更有价值，因为这很可能会指出你在第二稿中要处理的所有问题。

选择二：第二稿完成后。如果这不是你第一次尝试写剧本，那么我建议你至少先改两稿，再找专业读者看。第一稿可能会从别人那里得到的反馈，你写第二稿时自己就能预知到，可以凭经验做出必要的修改。这时候，读者再以全新的眼光来看你的第二稿，这样可能会很有帮助。

选择三：永远不要，否则……除非你确实相信那个人能给你有用的建议，否则不要请他们读。无论是指出问题，还是在你作为编剧的士气方面，糟糕的评注都可能是破坏性的。我说的"糟糕的评注"，不仅仅是指挑刺和批评——如果你是一个编剧，你就需要练出一张厚脸皮。我指的是那些对你毫无帮助的评注。差劲的读者简直太多了，除非你和他们有私交，或信任推荐他们的人，否则给他们看剧本跟赌博差不多。

在我看来，如果你刚刚上路，最好花钱请专业读者看剧本，并跟你当面讨论，而不是让他出一份泛泛的报告，或只是发一份评注给你。如果见面要花更多钱，那也值得。我做剧本顾问的时候，更喜欢和没经验的编剧当面聊上几个小时——我也确实经常这么干。我发现，对那些没经验的人，我写的评注有时候达不到预期效果，而且，每个编剧的观念不同，面对面沟通会更好。当然，用视频在线会议之类的工具也算"面对面"。

　　找到好读者不容易。认口碑很靠谱。如果朋友或同事用过哪个人，还很认可，你就可以试试。同样的道理，如果能找到你所写故事类型的研究专家，可能就找对人了。在网上随便找人，等于是买彩票。

闭门写作
修改练习

弧线标记

　　这个练习，我们要检查你是否确实完成了自己的计划。我想让你通读自己的剧本，不要参考大纲，并在主人公每次有人物弧线发展时做标记。每次他们在主题方面有所行动，或者经历了人物发展，你就做一个标记。阅读结束时，你应该有了一系列关键节点。现在，对照你的大纲或节拍表捋一遍。它们相互吻合吗？如果不吻合，为什么？你必须决定哪一个版本更好，并做出相应的修改计划。

> 对于刚写完结尾的你来说，我首先要说的事情听起来可能让人失望：你还没有一个真正的初稿。在你宣称完成初稿并打算做一些真正的修改之前，还有很多事情要处理，不能偷懒。

接下来怎么做

你做到了。现在，你有了一个相当不错的初稿，这是一项意义重大的成果。你即将拥有一个能拍成电影的资产了。不过，先不说拿去拍摄，如果你想交出更完善的剧本，可能还需要重新检查几遍。下面的内容，主要针对那些刚刚起步，但在电影行业还没什么人脉的人。

开拓事业的路子很多，但你是一个有抱负的编剧，需要让别人看到你的剧本。这是个难题，除非你有过"成绩"，也就是"有理由让别人读你的作品"。我要做的是给出一些说明，让你知道到底是怎么一回事，以及可以从哪里入手。这不是唯一的方法，但如果没有别的办法，至少能让你少走弯路。

了解行业

不管你还会做些其他什么事，现在都要开始研究一下行业了。你可以在新闻媒体上看看交易信息和行业报道。可以从免费的线上交易开始，看看自己的情况怎么样。这些交易信息可以让你了解现实状况。你会开始关心普遍趋势、创新变化、行业纠纷，还有发行的情况等等话题。所有这些都可以让你开阔眼界，了解到目前行业正在想什么，你该做出怎样的回应。关注最新动态，并不意味着有人会买你的剧本，但它确实意味着你跟同行交流的时候可以信息对等了，这就是起点。

你也可以灵活运用搜索引擎来研究剧本写作。有的网站会追踪销售情况，记录了每个售出的剧本；不要被"想写什么写什么"的说法愚弄，销售跟踪会让你了解眼下的行情，都有什么卖了出去。这不是说下个月同样的本子一定还能卖掉，所以也不必为此烦恼。你可以上 Script Pipeline（scriptpipeline.com/category/script-sales）这个网站看看。另外，还有很多其他选择，最好可以参照本书附加资源中的那些链接。记得上"黑名单"网站（blcklst.com）看一看——这是一个好的开始。至少，在我写作本书的时候是这样。

经纪人和经理人对专业编剧也很重要，不过再说一遍，如果不给出一个理由，他们不会对你感兴趣。这意味着你需要一个"成绩"。

取得"成绩"

电影编剧取得"成绩"有很多可行的方法（电视领域有自己的规则，在此就不做介绍了）。其中有些方法，任何地方都能操作，而另一些则要求你身在电影行业一线。但这也不是说你一定要生活在南加州。下面是一些建议。

自由职业

如果你想打开一扇门，就去结识门后的人。最好的办法是为他们工作，跟他们相处。找个在片场做制片助理的活儿（如果有必要，去结交那些愿意雇你的人），或者，尽情施展你在电影学院或其他地方学到的本事，获得一份自由职业。和你的同事好好聊，处好关系。这样他们下回还会给你活儿干。最终，你会遇到愿意助你一臂之力的贵人。网站IndieWire上有一篇很实用的文章，教给你如何做好自由职业，以及如何避免自寻死路。这篇文章是《在电影行业混出名堂必须知道的六件事》（The Six Things You Must Know to Make it in the Film Industry）。你可以访问这个网址查看：https://www.indiewire.com/2012/04/the-six-things-you-must-know-to-make-it-in-the-film-industry-48357/。

融入圈子

电影是一个社交关系驱动的行业。你认识的业内人士越多，就越有可能找到可以帮你的人。请注意，电影行业的许多关系是偶然的。每个人都想从别人那里寻求机会。还要注意，职业关系和现实的友谊差不多，都是要看以往交情的。你们一起做过什么？不过话虽这么说，电影圈还是有很多可爱的人的。社交方面也好，职业方面也好，你都应该尽可能地多认识一些人。结识电影工作者的一个好地方是电影节，但不要想着自己能坐在有护栏的VIP区和业界精英谈笑风生。

参加比赛

编剧比赛非常多，其中有许多专门针对还没有作品的编剧。有些比赛是开放的，有些则分体裁类别，或者只针对特定种类的剧本或编剧：特定主题、特性性别、特定类型。各种比赛的名气大小不一，但在任何比赛中取得成功都是有价值的。如果你的剧本在一些比赛中获奖或入围了，那就是取得"成绩"的开始。

制作电影

如果你制作的短片或低成本剧情片能在电影节上放映，甚至获奖，恭喜你取得了"成绩"。人们之所以要去读电影学院，其中一个原因就是为了能做出有技术含量的短片。

读电影学院

如果你有资源，或者能找到一个感觉适合自己的课程项目，那就可以考虑去读电影学院。本科生和艺术硕士（MFA）都有很多编剧课程，不过，大多数普通的电影课程也都会把编剧作为重要的一部分，比如我在旧金山州立大学电影学院教的课。我不想砸自己的饭碗，但还是要补充一句，要写出有价值或能卖钱的剧本，你其实没必要非去读电影学院。总之，你需要想办法认识一些人，并证明自己的潜力。

最后的话

世界上的故事永远也讲不完。幸运的是，编剧这门手艺的门槛非常低。你写完一个剧本，再写下一个就会比较容易。说实话，下一个剧本很可能会更好，因为现在你已经心中有数了，对吧？如果想成为专业编剧，你要遵守的底线只有一条，它也是唯一真正重要的法则，那就是——

写下去，不要停。

延伸阅读

关于经纪人、经理人和编剧的业务

安迪·罗斯（Andy Rose）：《有志编剧名利双收的肮脏内幕指南》（*The Aspiring Screenwriter's Dirty Lowdown Guide to Fame and Fortune*），New York: St. Martin's Press，2018。

关于人物原型

克里斯托弗·沃格勒（Christopher Vogler）：《作家之旅：源自神话的写作要义（第3版）》（*The Writer's Journey: Mythic Structure for Writers, Third Edition*），Studio City, CA: Michael Wiese Productions，2007。

约翰·特鲁比（John Truby）：《故事的解剖：22步成为讲故事大师》（*The Anatomy of Story: 22 Steps to Becoming a Master Storyteller*，本书国内出版时译作《故事写作大师班》），New York: Faber & Faber，2007。

关于实验性的剧本创作

斯科特·麦克唐纳（Scott MacDonald）：《编剧：独立电影人的剧本与文字》（*Screen Writings: Scripts and Texts by Independent Filmmakers*），Berkeley, CA: University of California Press, 1995。

关于剧本格式

克里斯托弗·莱利（Christopher Riley）：《好莱坞标准：剧本格式与风格完全权威指南（第2版）》（*The Hollywood Standard: The Complete & Authoritative Guide to Script Format and Style, 2nd Edition*），Studio City, CA:Michael Wiese Productions, 2009。

大卫·特洛蒂尔（David Trottier）：《编剧圣经：剧作、格式及剧本销售完全指南》（*The Screenwriter's Bible, 7th Edition, A Complete Guide to Writing, Formatting, and Selling Your Script*），West Hollywood, CA: Silman-James Press, 2019。

关于编剧史

安德鲁·霍顿（Andrew Horton）、朱利安·霍克思特（Julian Hoxter）编著：《编剧：大银屏背后的故事（第8册）》（*Screenwriting: Behind the Silver Screen Series, Book 8*）。New Brunswick, NJ: Rutgers University Press, 2014。

马克·诺曼（Marc Norman）：《下一步是什么：美国编剧史》（*What Happens Next: A History of American Screenwriting*），New York: Three Rivers Press, 2007。

史蒂芬·马拉斯（Steven Maras）：《编剧：历史、理论与实践》（*Screenwriting: History, Theory, Practice*），New York: Wallflower Press，2009。

史蒂芬·普莱斯（Steven Price）：《剧作史》（*A History of the Screenplay*），London: Palgrave Mac-Millan，2013。

关于独立编剧

J.J.墨菲（J.J.Murphy）：《我、你、〈记忆碎片〉和〈冰血暴〉：独立电影剧本怎么搞》（*Me and You and Memento and Fargo: How Independent Screenplays Work*），New York:Continuum，2007。

肯·丹齐格（Ken Dancyger）、杰夫·拉什（Jeff Rush）：《另类剧本创作：超越好莱坞公式（第5版）》（*Alternative Scriptwriting: Beyond the Hollywood Formula, 5th Edition*），Abingdon, Oxon: Focal Press，2013。

关于当代媒体工业的编剧工作

丹尼尔·贝尔纳迪（Daniel Bernardi）、朱利安·霍克思特（Julian Hoxter）：《纸面之外：媒体融合时代的编剧》（*Off the Page: Screenwriting in the Era of Media Convergence*），Oakland, CA: University of California Press，2017。

精选编剧软件

CeltX: Celtx.com

Final Draft: Finaldraft.com

Movie Magic Screenwriter：Write-bros.com/movie-magic-screenwriter

Trelby（免费）：Trelby.org

网络资源、播客与博客

3rd & Fairfax（美国西部编剧工会播客，网址：WGA.org/3rdandfairfax）

Go Into The Story（Black List网站博客，网址：GoIntoTheStory.blcklst.com）

Scriptnotes（约翰·奥古斯特的播客，网址：JohnAugust.com/podcast）

Script Shadow（剧本评论及其他内容，网址：ScriptShadow.net）

The Writers Store（编剧资源网站，网址：WritersStore.com）

本书引用的剧本

《和莎莫的500天》（*500 Days of Summer*，2009），斯科特·纽斯塔德（Scott Neustadter）、迈克尔·H.韦伯（Michael H. Weber）

《异形》（*Aliens*，1986)，詹姆斯·卡梅隆（James Cameron）

《雌雄大盗》（*Bonnie and Clyde*，1967)，大卫·纽曼（David Newman）、罗伯特·本顿（Robert Benton）

《谍影重重》（*The Bourne Identity*，2002），托尼·吉尔罗伊（Tony Gilroy）

《爱乐之城》（*La La Land*，2016），达米恩·查泽雷

（Damien Chazelle）

《远离赌城》（*Leaving Las Vegas*，1995），迈克·菲吉斯（Mike Figgis）

《迷失东京》（*Lost in Translation*，2003），索菲亚·科波拉（Sofia Coppola）

《公主新娘》（*The Princess Bride*，1987），威廉·戈德曼（William Goldman）

《终结者2018》（*Terminator Salvation*，2005），约翰·布兰卡托（John Brancato）、迈克尔·费里斯（Michael Ferris）

《世界之战》（*War of the Worlds*，2005），约翰·弗里德曼（John Friedman）、大卫·凯普（David Koepp）

参考资料

L. V. 安德森：《与林恩·谢尔顿的对话》，"石板"网站，2012年6月18日。（Anderson, L. V. "A Conversation with Lynn Shelton." Slate. June 18, 2012.slate.com/culture/2012/06/lynn-shelton-interview-the-your-sisters-sister-and-humpday-director-on-improvising-and-directing-mad-men.html）

约翰·奥古斯特，"图书馆"板块，约翰·奥古斯特的网站，2019年2月20日登录。（August, John. "Library." JohnAugust.com. Accessed February 20, 2019.johnaugust.com/library#bigfish）

约翰·奥古斯特：《如何重写》，约翰·奥古斯特的网站，2005年8月17日。（August, John. "How to Rewrite." JohnAugust.com. August 17, 2005.johnaugust.com/2005/how-to-rewrite）

约翰·奥古斯特：《如何以方便的两页形式写作一个场景》，约翰·奥古斯特的网站，2014年6月18日。（August, John. "How to Write a Scene, now in handy two-page form." JohnAugust.com. June 18, 2014. johnaugust.com/?s=how+to+write+a+scene）

约翰·布拉迪：《写作技巧》，纽约：西蒙舒斯特出版社，1982。（Brady, John. *The Craft of the Screenwriter*. New York: Simon and Schuster, 1982）

凯瑟琳·布莱：《乔斯·威顿的十大写作技巧》，"航空邮筒"作家工作室，博客转载自《热狗》杂志，原文已不可用。（Bray, Catherine. "Joss Whedon's Top 10 Writing Tips." Aerogramme Writers' Studio, re-blogged from *Hotdog* magazine, original unavailable. March 13, 2013. aerogrammestudio.com/2013/03/13/joss-whedons-top-10-writing-tips）

约翰·布切：《4个适用于任何类型的恐怖原型》，洛杉矶编剧网站，2015年5月13日。（Bucher, John. "4 Horror Archetypes That Work in Any Genre." LA Screenwriter. May 13, 2015. la-screenwriter.com/2015/05/13/4-horror-archetypes-that-work-in-any-genre）

彼得·德布鲁格：《采访乔·斯万伯格》，《综艺》杂志，2008年3月5日。（Debruge, Peter. "Interview with Joe Swanberg." *Variety*. March 5, 2008. variety.com/2008/music/markets-festivals/interview-with-joe-swanberg-1117981936）

芭芭拉·弗里德曼·多伊尔：《在电影业生存你必须知道的六件事》，"独立连线"网站，2012年4月4日。（Doyle, Barbara Freedman. "The Six Things You Must Know to Make it in the Film Industry," IndieWire. April 4, 2012. indiewire.com/2012/04/the-six-things-you-must-know-to-make-it-in-the-film-industry-48357）

詹妮弗·爱丽丝：《女性角色原型和强势女性角色》，詹妮弗·爱丽丝的网站，2015年4月1日。（Ellis, Jennifer. "Female Character Archetypes and Strong Female Characters." JenniferEllis. ca. April 1, 2015. jenniferellis.ca/blog/2015/4/1/female-character-archetypes-and-strong-female-characters）

悉德·菲尔德：《卡莉·克里谈创造角色：〈末路狂花〉》，悉德·菲尔德的网站，2020年4月21日登录。（Field, Syd. "Callie Khouri on creating character: Thelma and Louise." SydField.com. Accessed April 21, 2020. sydfield.com/syd_resources/callie-khouri-on-creating-character-thelma-louise）

悉德·菲尔德：《电影剧本写作基础》，纽约：斑塔姆·戴尔出版社，1979。（Field, Syd. *Screenplay*. New York: Bantam Dell, 1979）

杰克·吉鲁：《〈逃出绝命镇〉导演乔丹·皮尔谈他的电影制作处女作和故事的力量》，"斜杠"网站，2017年2月24日。（Giroux, Jack. "'Get Out' Director Jordan Peele on his Filmmaking Debut &the Power of Story." Slash Film. posted February 24, 2017. slashfilm.com/get-out-jordan-peele-interview）

威廉·戈德曼：《银幕贸易历险记：好莱坞和编剧的个人观点》，纽约：华纳图书出版社，1983。（Goldman, William. *Adventures in the Screen Trade: A Personal View of Hollywood and Screenwriting*. New York: Warner Books, 1983）

阿列克斯·西尼：《安德鲁·海格：障碍就是一切》，"第七行"网站，2018年4月16日。（Heeney, Alex. "Andrew Haigh: 'Blocking is Everything.'" Seventh Row. April 16, 2018.

seventh-row.com/2018/04/16/andrew-haigh-lean-on-pete）

朱利安·霍克斯特：《写你不知道的事：编剧入门指南》，纽约：连续图书出版社，2011。（Hoxter, Julian. *Write What You Don't Know: An Accessible Manual for Screenwriters*. New York: Continuum Books, 2011）

安东尼·考夫曼：《拳打脚踢与惊声尖叫：诺亚·鲍姆巴赫与〈格林伯格〉一同成长》，"独立连线"网站，2010年3月18日。（Kaufman, Anthony. "Kicking and Screaming: Noah Baumbach Grows Up With 'Greenberg.'" IndieWire. March 18, 2010. indiewire.com/2010/03/kicking-and-screaming-noah-baumbach-grows-up-with-greenberg-245576）

诺姆·克罗：《如何写作出色的剧情梗概：以及为什么它和你的剧本一样重要》，"独立连线"网站，2014年1月6日。（Kroll, Noam. "How to Write the Perfect Logline: And Why It's As Important as Your Screenplay." IndieWire. January 6, 2014. indiewire.com/feature/how-to-write-the-perfect-logline-and-why-its-as-important-as-your-screenplay-31710）

米歇尔·李：《动作片编剧希恩·布莱克的编剧建议：第一部分》，"编剧实验室"网站，2019年6月5日。（Lee, Michael. "Screenwriting Tips from Action Movie Screenwriter Shane Black: Part 1." The Script Lab. June 5, 2019. thescriptlab.com/features/screenwriting-101/10391-screenwriting-tips-from-action-movie-screenwriter-shane-black-part-1）

凯文·刘易斯：《罗伯特·奥尔特曼：剧组声音部

门的最佳伴侣》,"电影蒙太奇"网站,2007年5月1日。(Lewis, Kevin. "Robert Altman: The Sound Crew's Best Companion." Cinemontage. May 1, 2007. cinemontage.org/robert-altman)

斯科特·麦克唐纳:《剧本写作:独立电影人的剧本和文字》,加利福尼亚州伯克利:加州大学出版社,1995。(MacDonald, Scott. *Screen Writings: Scripts and Texts by Independent Filmmakers*. Berkeley, CA: University of California Press, 1995)

大卫·马梅:《导演功课》,纽约:企鹅出版社,1992。(Mamet, David. *On Directing Film*. New York: Penguin, 1992)

大卫·马切斯:《阿伦·索尔金谈他如何为〈白宫风格〉写民主党初选》,载《纽约时报》,2020年3月2日。(Marchese, David. "Aaron Sorkin on how he would write the Democratic primary for 'The West Wing.'" *The New York Times*. March 2, 2020. nytimes.com/interactive/2020/03/02/magazine/aaron-sorkin-interview.html)

达拉·马克斯:《内部故事:变革性弧线的力量》,加利福尼亚州影视城:三山出版社,2007。(Marks, Dara. *Inside Story: The Power of the Transformational Arc*. Studio City, CA: Three Mountain Press, 2007)

罗伯特·麦基:《故事:材质、结构、风格和银幕剧作的原理》,纽约:哈珀·柯林斯出版公司,1997。(McKee, Robert. *Story: Substance, Structure, and the Principles of Screenwriting*.

New York: Harper Collins，1997）

J.J.墨菲：《独立电影剧本怎么搞》，纽约：连续出版社，2007。（Murphy, J. J. *Me and You and Memento and Fargo.* New York: Continuum，2007）

斯科特·迈尔斯：《编剧101：阿娃·杜威内》，"黑名单"网站，2017年7月25日。（Myers, Scott. "Screenwriting 101: Ava DuVernay." The Blacklist. July 25，2017. gointothestory.blcklst.com/screenwriting-101-ava-duvernay-abcc5ee8e3be）

阿什利·罗德里格兹：《现在跟随奈飞的原创作品基本上是一份兼职工作了》，"石英"财经网，2019年1月1日。（Rodriguez, Ashley. "Keeping up with Netflix originals is basically a part-time job now." Quartz. January 1，2019. qz.com/1505030/keeping-up-with-netflix-originals-is-basically-a-part-time-job-now）

特里·罗西奥：《〈佐罗的面具〉的剧本小样》，"文字玩家"网站，2020年4月21日登录。（Rossio, Terry. "Treatment for The Mask of Zorro." Wordplay. Accessed April 21，2020. wordplayer.com/columns/wp37-xtras/wp37x.ZORRO.html）

阿列克斯·西蒙：《忘记它吧，鲍勃，这是唐人街：罗伯特·汤恩回顾〈唐人街〉35周年》，"好莱坞访谈"网站，2009年2月1日。（Simon, Alex. "Forget It Bob, It's Chinatown: Robert Towne looks back on Chinatown's 35th anniversary." The Hollywood Interview. February 1，2009. thehollywoodinterview.blogspot.com/2009/10/robert-towne-hollywood-interview.html）

加文·史密斯：《昆汀·塔伦蒂诺：当你知道你有得力助手》，《影评》杂志，1994年7—8月号。（Smith, Gavin. "Quentin Tarantino: 'When you know you're in good hands.'" *Film Comment*. July–August, 1994. filmcomment.com/article /quentin-tarantino-interviewed-by-gavin-smith）

布莱克·斯奈德：《救猫咪：电影编剧指南》，加利福尼亚州影视城：迈克尔·维斯出版社，2005。（Snyder, Blake. *Save the Cat: The Last Book on Screenwriting You'll Ever Need*. Studio City, CA: Michael Wiese Productions, 2005）

大卫·特洛蒂尔：《编剧圣经（第七版）：编剧、格式及剧本销售完全指南》，加利福尼亚州，西好莱坞：希尔曼·詹姆斯出版社，2019。（Trottier, David. *The Screenwriter's Bible, 7th Edition, A Complete Guide to Writing, Formatting, and Selling Your Script*. West Hollywood, CA: Silman-James Press, 2019）

约翰·特鲁比：《故事写作大师班》，纽约：费伯出版社，2007。（Truby, John. *The Anatomy of Story: 22 Steps to Becoming a Master Storyteller*. New York: Faber & Faber, 2007）

克里斯托弗·沃格勒：《作家之旅：源自神话的写作要义（第三版）》，加利福尼亚州影视城：迈克尔·维斯出版社。（Vogler, Christopher. *The Writer's Journey: Mythic Structure for Writers, Third Edition*. Studio City, CA: Michael Wiese Productions, 2007）

琳达·伍尔弗顿：《我们如何拍〈美女与野兽〉》，载《卫报》，2017年3月13日。（Woolverton, Linda. "How we made

Beauty and the Beast." *The Guardian*. March 13，2017. theguardian.com/culture/2017/mar/13/how-we-made-beauty-and-the-beast）

《约翰·特鲁比访谈》："作家商店"网站，2020年4月21日。（Writers Store. "Interview with John Truby." Accessed April 21，2020. writersstore.com/interview-with-john-truby）

拉摩那·扎卡赖亚斯：《达米安·查泽雷谈〈爱乐之城〉》，"创意编剧"网站，2017年2月10日。（Zacharias, Ramona. "Damien Chazelle on La La Land." Creative Screenwriting. February 10，2017. creativescreenwriting.com/la-la-land）

美国编剧工会报告

《2019年美国西部编剧工会编剧报告》（2019 WGAW Annual Report to Writers: wga.org/the-guild/about-us/annual-report）

《美国西部作家协会发布2017—2018电视工作人员招聘季总结报告卡》（Writers Guild of America West Issues Inclusion Report Card for 2017–18 TV Staffing Season: wga.org/news-events/news/press/2019/wgaw-issues-inclusion-report-card-for-2017-18-tv-staffing-season）